わが書物愛的傳記

――書物を語り、自己を語る

渡部昇一

広瀬書院

書庫一見

編集部口上　キャクストン版チョーサーの絵入初版本を手にされている渡部先生。「蔵書目録」（雄松堂書店刊）のGeoffrey Chaucerの見出しは30以上あるが、写真の「カンタベリー物語」は世界に12冊しかないものである。この口絵カラーでは、ダーウィンの「種の起源」（初版）など、言語学関係以外のものも出すようにした。以下、口絵各ページのキャプションは渡部先生による。　撮影：平成23年（2011）９月

The Frakeleyns tale

Thou art a squyer and he is a knyght
But god forbede for hys blissful myght
But a clerk coude do as gentyl a dede
As wel as ony of you it is no drede
Syre I relece the thy thousand pound
As now thou were cropen out of the ground
Ne neuer or now ne haddist knowen me
For sire I wol not take a peny of the
For al my craft ne for al my trauaylle
Thou hast wel payd for my vytaylle
It is ynow farwel and haue good day
And took hys hors & forth he goth hys way
Lordynges thys question than axe I yow
Whyche was the most fre as thynkyth yow
Now tellyth me er that ye furthyr wende
I can n more my tale is at an ende

Here endyth the frankeleyns tale
And foloweth the prologe of the wif of Bathe

〇巡礼者の一人 バース（イギリスの温泉場の町）から来たおかみさんの話の始まるところ。
「カンタベリー物語」

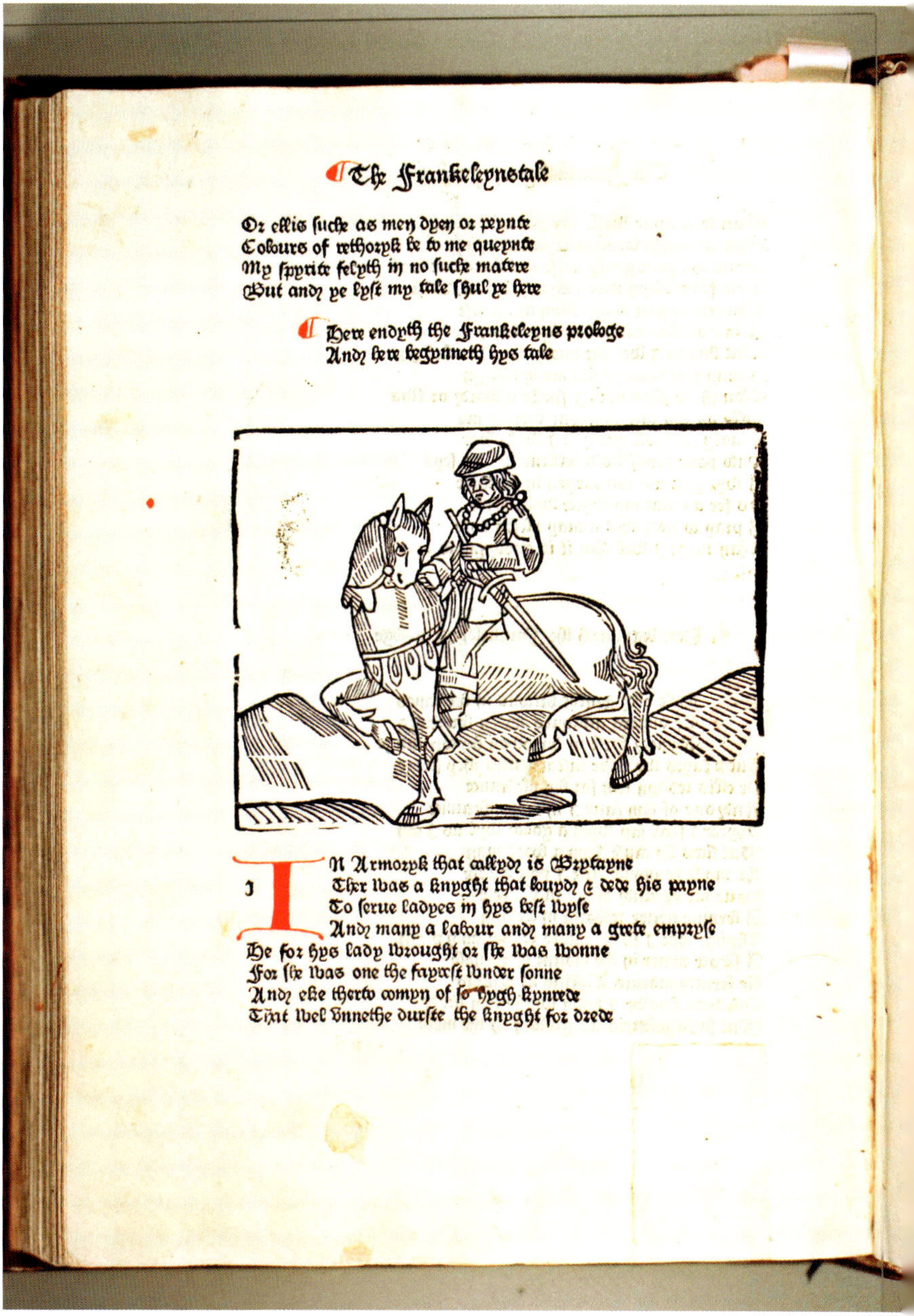

The Frankeleynstale

Or ellis suche as men dyen or peynte
Colours of rethoryk be to me queynte
My spyrite felyth in no suche matere
But and ye lyst my tale shul ye here

Here endyth the Frankeleyns prologe
And here begynneth hys tale

In Armoryk that callyd is Brytayne
Ther was a knyght that louyd & dede his payne
To serue ladyes in hys best wyse
And many a labour and many a grete empryse
He for hys lady wrought or she was wonne
For she was one the fayrest vnder sonne
And eke therto comyn of so hygh kynrede
That wel vnnethe durste the knyght for drede

○巡礼者の一人の郷士（franklin）の物語が始まるところ。
「カンタベリー物語」

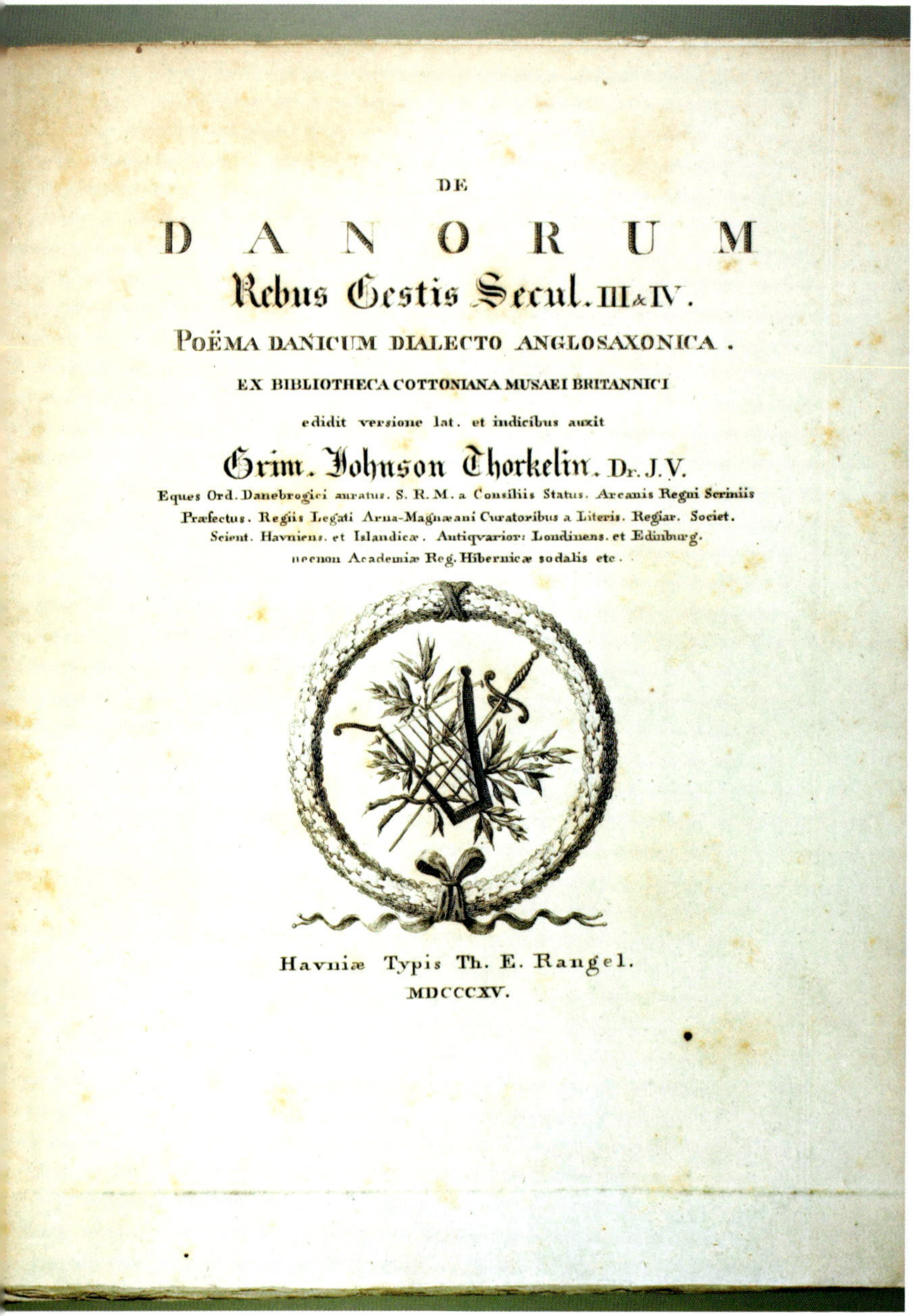

DE

DANORUM

Rebus Gestis Secul. III & IV.

POËMA DANICUM DIALECTO ANGLOSAXONICA.

EX BIBLIOTHECA COTTONIANA MUSAEI BRITANNICI

edidit versione lat. et indicibus auxit

Grim. Johnson Thorkelin. Dr. J.V.

Eques Ord. Danebrogici auratus. S. R. M. a Consiliis Status. Arcanis Regni Scriniis
Præfectus. Regiis Legati Arna-Magnæani Curatoribus a Literis. Regiar. Societ.
Scient. Havniens. et Islandicæ. Antiqvarior: Londinens. et Edinburg.
necnon Academiæ Reg. Hibernicæ sodalis etc.

Havniæ Typis Th. E. Rangel.

MDCCCXV.

○古いゲルマン人の完全な叙事詩『ベオウルフ』の最初の活字本（1815年）

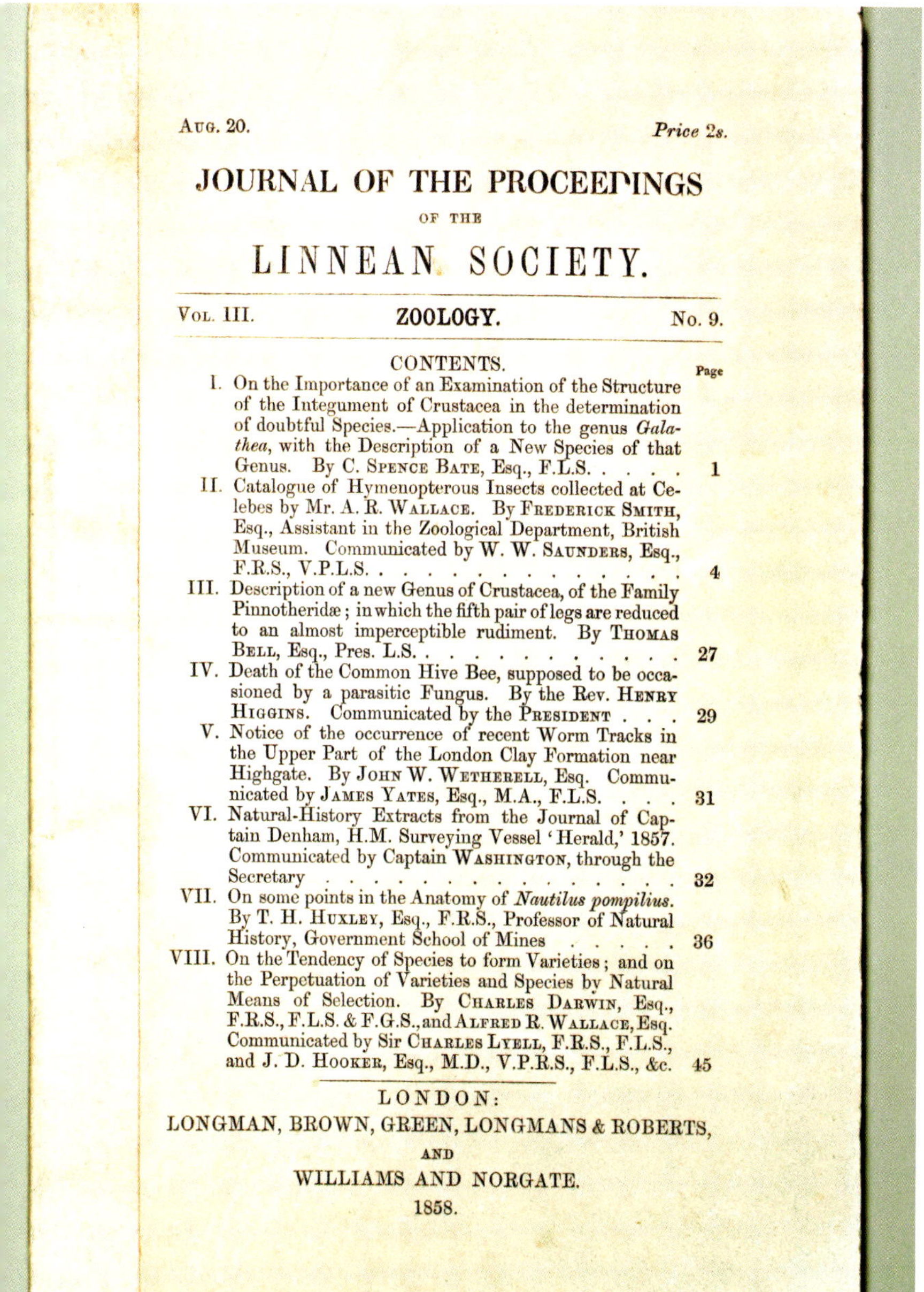
Aug. 20. Price 2s.

JOURNAL OF THE PROCEEDINGS

OF THE

LINNEAN SOCIETY.

Vol. III. ZOOLOGY. No. 9.

CONTENTS.

LONDON:

LONGMAN, BROWN, GREEN, LONGMANS & ROBERTS,

AND

WILLIAMS AND NORGATE.

1858.

○進化論が発表されたリンネ学会の紀要。ダーウィンとウオレスの論文が掲載された。

編集部注：『「修養」のすすめ』（致知出版社H23.10.15）のp.136で触れられている。

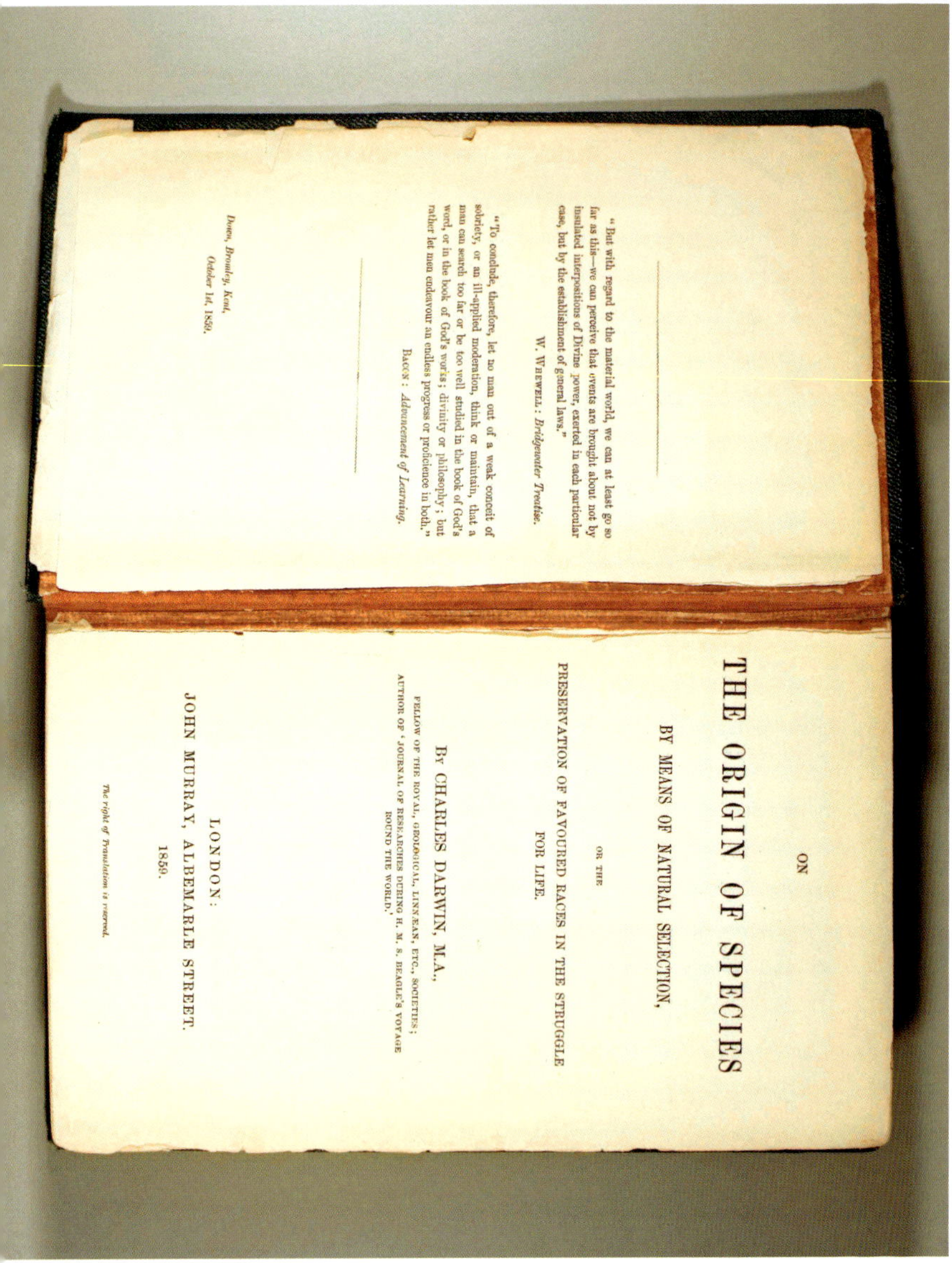

"But with regard to the material world, we can at least go so far as this—we can perceive that events are brought about not by insulated interpositions of Divine power, exerted in each particular case, but by the establishment of general laws."

W. WHEWELL: *Bridgewater Treatise.*

"To conclude, therefore, let no man out of a weak conceit of sobriety, or an ill-applied moderation, think or maintain, that a man can search too far or be too well studied in the book of God's word, or in the book of God's works; divinity or philosophy; but rather let men endeavour an endless progress or proficience in both."

BACON: *Advancement of Learning.*

Down, Bromley, Kent,
October 1st, 1859.

ON
THE ORIGIN OF SPECIES
BY MEANS OF NATURAL SELECTION,
OR THE
PRESERVATION OF FAVOURED RACES IN THE STRUGGLE FOR LIFE.

BY CHARLES DARWIN, M.A.,
FELLOW OF THE ROYAL, GEOLOGICAL, LINNÆAN, ETC., SOCIETIES;
AUTHOR OF 'JOURNAL OF RESEARCHES DURING H. M. S. BEAGLE'S VOYAGE ROUND THE WORLD.'

LONDON:
JOHN MURRAY, ALBEMARLE STREET.
1859.

The right of Translation is reserved.

○ダーウィンの『種の起源』の初版。前年のウオレスの論文からのヒントで急いで資料をまとめたと言われる。

まえがき

このたび廣瀬書院で私の書いたものの中から、単行本として入手しにくくなっている小品などを選んで本の形にして下さることになった。その第一弾が「書物に関するもの」である。

「書物愛的伝記」は、私が大学を退職するのを記念して作った洋書関係の蔵書目録につけた英文の序文を訳したものである。西洋のフォリオ版に近い大型本で約七百ページある。元来は雄松堂社長の新田満夫氏のおすすめで作ることにしたのであるが、その時に新田さんと私の念頭にあったのは国際愛書協会（l'Association Internationale de Bibliophilie = A. I. B.）のメンバーたちであった。そのメンバーたちは西欧の蔵書家や稀覯本を扱う人たちの会である。その人たちは有名図書館の稀覯書担当者とか、蔵書自慢の貴族とか、実業家とか、学者とかである。その人たちに見せても恥しくないのを作りたいという新田さんのお考えで、著者索引や書名索引もついた立派なものになった。外国の愛書家《ビブリオファイル》たち（わかり易く言えば書物気違いたち）を意識して、本のタイトルはコールリッジ（Samuel Taylor Coleridge, 1772–1834）の*Biographia Literaria*を真似てラテン語でBiographia Bibliophilia としたが、今考えるとAutobiographia とした方が適切であったと思う。戦中・戦後の日本の少年と本の関係を外国の愛書家にも知ってもらいたいと思ったのである。実際に戦中・戦後の日本の英語教育に感銘したという手紙をくれたユダヤ人愛書家もいる。世界の本好きに知ってもらいたかったもう一つのことは、空襲によって日本中の大都市が本と共に焼かれたのだという事実である。本好きなら、蔵書を焼かれた本好きの無念はわかると思う。しかしイギリスでも、アメリカでも、フランスでも、イタリアでも、スペインでも、大量の蔵書が焼かれたという体験はないのだ。偶然爆弾に当った書庫もあったかも知れないが、無差別爆撃や原爆の体験はない。西欧ではただドイツだけがカセドラルが空襲されて貴重本が失なわれた例などがあるようだが。

　この蔵書目録は早稲田大学の司書をしておられた植田覚先生の御努力と雄松堂のスタッフの協力によるもので深く感謝している。特に植田先生の御仕事ぶりは、まことに書誌学者の権化のようなお姿であり、今なお家内も尊敬の念を以て語っているほどだった。型の大きさでもページ数でも、大小説家サー・ウォルター・スコット（Sir Walter Scott, 1771-1832）のかの有名な蔵書目録（*Catalogue of the Library at Abbotsford:* Edinburgh, 1838, 464pp.）——最近の古書カタログでは十五万円ぐらいだ——を超えていることは、一窮措大《きゆうそだい》として人生を始めた日本人の英語学者としてちょっと嬉しいことである。「このようなカタログをなぜ作るのですか」と高橋宏氏（現首都大学東京の理事長）に聞かれた時、「vanityです」と答えた。外国の古書店でもいい値がついているようである。

その他の短かい四編は、いずれも編集部の紹介文の通りである。この書に転載することを快諾された版元に厚く御礼申し上げます。

廣瀬書院を始められた岩崎幹雄氏は三十五年以上もの知己である。新学社の取締役社長、会長として御多忙な時代にも私の書くものを丁寧に読んで、集めておられたのである。感謝に耐えない。岩崎さんに連れられて、保田與重郎先生のお宅を訪問し、夜中過ぎまでお話をうかがったのも懐しい想い出である。その岩崎さんの手によって読者が私の書いたものの中の限られたものや、単行本になっておらず、今では入手し難いものを取り上げていただくことになった。「海月《くらげ》の骨に会うぞ嬉しき」という感じの作品も少くないと思う。岩崎さんに感謝しつつ。

平成二十三年八月下浣

渡部昇一

わが書物愛的伝記――書物を語り、自己を語る

●目次●

ジャケット・表紙の題字／渡部昇一

Biographia《バイオグラフィア》 Bibliophilia《ビブリオフィリア》（書物愛的伝記）

——わが書庫の中の言語文化的書物の目録の序文として

編集部口上　当著作は欧文の言語文化的蔵書目録につけられた序文であり、元は英文で書かれている。内容的には自伝とも言えるもので、渡部昇一先生の著作を読まれる方々に益するところ大と考え、先生のお許しを得て和訳を出版するに至った。翻訳は渡部先生御自身を煩わせた。本文最終部分で新書庫の構想に触れられているが、平成十八年（二〇〇六）に目出度く実現された。なお、本書巻末に原文を収録してある。

「書物愛（bibliophilia《ビブリオフィイリア》）」という言葉を考える時、私は老子の有名な逆説《パラドクス》を思い出す。

大道廃《スタ》レテ仁義アリ　　大道廃　有仁義
智慧出《イデ》テ大偽アリ　　智慧出　有大偽
六親和セズシテ孝慈アリ　　六親不和　有孝慈
國家昏乱《コンラン》シテ忠臣アリ　　國家昏乱　有忠臣

この有名な六つの逆説に私はもう一つ逆説をつけ加えたいと思う。それは

書物ノ大量破壊アリテ愛書心《ビブリオフィイリア》生ズ

というものである。

愛書家《ビブリオフアイル》（bibliophile）の人は誰でもこの私のパラドクスに同意なさると思う。というのはヘンリー八世による大修道院の図書室の破壊のあと、イギリスに書物愛好家が現われ始めたからである。〔イギリス国王ヘンリー八世は離婚問題からローマ教皇と争い、宗教的にローマから独立し、一五三五年から三九年頃までの間に、中世以来のカトリックの大修道院を解体し破壊した。「薔薇《ばら》の名前」の映画で多くの人の目に触れたように、

大修道院こそは中世ヨーロッパの大図書館だったのである。修道院が破壊されたり、貴族に与えられたりすると、そこの図書は――今なら一冊数百万円から億もするような貴重な写本の山は――タダ同然で売り出された。そして便所の落し紙として、あるいはローソク立てや長靴を磨くのに用いられた。また、時としては船何隻にも一杯積んで外国に売り払われたりした。イギリスには意外に中世の書物が少ないのはそのためである。その後でイギリスでは古い書物に対する愛が目覚めたのである。書物愛は焼跡の雑草の如く、荒らされた土地にもっともよく育つ、という人もある。詳しくは拙著『イギリス国学史』研究社・一九九〇・第一章を参照されたい。」

　さて自分の子供の頃のことを回想すると、そこには強い「欠乏感・品不足感」があった。絵本や児童漫画本の段階を卒業して、「書物」を熱心に読み出した昭和十六、七年頃（一九四一～二年頃）になると、本の出版がどんどんなくなってきていた。紙――紙だけでなく食糧も衣類も石油も何もかも――貴重品になりつつあったのである。読書好きの子供たちは書物に飢えており、お互に本を貸したり、借りたりし合っていた。私の家は豊かでなかった。その上、悪いことには私の家の商売で扱っていた蝋とか、椿油とか、香油とか、金糸銀糸の入った小間物など〔私の家は〝あぶらや〟と呼ばれていた〕は軍需品ということで売買禁止ということで、少くともおおっぴらには扱えなかった。〔当時、いろんな商品の値段に(停)《マルテー》という印を押すことが強制された。これは「協停価格」という意味で暴利抑制のためだったが、間もなく(公)《マルコー》という印になった。これは「公定価格」で政府が決めた値段であり、これより高く売れば経済統制令違反ということになる。しかし(公)価格は安く抑えられているので、そんな値段で売ったら次の仕入れができなくなる。各商店は店から商品を隠し始めた。そしてこっそり闇値で知っている人だけに売るようになったのである。〕

　幸いなことに私の父は経済観念に乏しく、国全体が困窮化していくことにも鈍感であった。そして学問や学者に強い尊敬心を持っていた。〔父にいわゆる学歴はない。父の父、つまり私の祖父が、明治五年学制頒布された時、山村のこととて学校の校舎がまだないため、自宅で村の子供に読み書きを教えた。寺では坊さんが教えた。つまり父は自分の父、つまり私の祖父から習っただけの学歴であった。〕父は多分に変ったところがあり、虚栄とか誇負《こふ》するところがあった。

その父がある日、近所の古本と新刊雑誌を扱う小さい書店〔和泉屋書店といっていた〕に私を連れて行って、その店主に向い、いささかいいところを見せるつもりでか、こう言ったのである。

「この子が欲しいという本は何でも渡してやって、あとで請求してくれ」と。

これを傍で聞いていた私は喜ぶと同時に一寸こわくなった。「うちの小学生の息子に好きな本を渡して、帳面につけておいてくれ」と書店主にいうような父親の話を聞いたことがなかったからである。子供とは言いながら、自分のうちの経済状況がそんな余裕があるものでないことぐらいわかっていた。だからこの「特権」を使った記憶は二、三度しかない。私の家よりも何十倍、何百倍金持ちの家の同級生でもそんな「特権」を持った者はいなかった。〔当時の田舎では、衣・食・住はあっても現金収入は少なく、一般にケチであった。〕しかし一度や二度でも、友達と本屋に行って「これを帳面につけておいてくれ」と言うところを見せれば、羨望され、英雄視される。

　こんなこともあり、私は講談社の「少年講談」を全部集めることを決心し、結局その頃はすでに新刊では出ていなくなった少年講談を全部集めることに成功したのである。すべて古本屋で探したり、大都会に出ることのある人に頼んだりして手に入れたのである。私はこれが自慢であり、「自分は本に関しては特別なんだ」というような気になったと思う。子供に甘い父親、家計の苦しい時にもかかわらずそういうことをする経済観念の弱い夫に反対しなかった母に今更ながら深く感謝する。〔私が特に大切にされたのは、私の兄が夭折し、女の子が二人だけのところへ、最後に私が男の子として生れてきたからである。当時の家督相続制の時代では男の子は特別であった。〕

　中学に入った頃、私は大きな漢和辞典が欲しくてたまらなかった。〔塩谷温先生の『新字鑑』が配給になったが私には当らなかった。〕小学生の頃から私は偶然手にした『唐詩選』のパンフレットに感銘していたし、漢字そのものに対する強い関心があったからである。中学二年では『論語』が漢文の時間のテキストだった。〔今から見ると奇妙に思えるかも知れないが、私の中学に入った頃〔昭和十八年〕、まだ戦争の影響が教室内ではあまりなかったのである。英語の教科書は神田乃武編の『キングズ・クラウン・リーダーズ』であり、表紙には英国の王冠が印刷されていた。イギリスとは既に戦争に入っており、日本軍はその前の年に香港、シンガポール、マレー半島、ボルネオ島、ビルマなどを占領していたのだからおかしい。戦争の強い影響が学校に入ってきて教科書が変ったのは昭和十九年四月であり、先生の中にヒステリックみたいな人が出てきたのは、同年の夏頃、サイパン島玉砕からだったと思う。）漢和辞典はすでに書店では売られていなかった。紙の不足は出版活動を不可能にし始めていた。『新字鑑』にくじで当った同級生〔武田君〕は、別にそれを必要としたからでなく、当時は配給物は何でももらいたいという気風のためだったのだ。それで彼はそれを私に借してくれたのである。とにかく本格的な漢和辞典が欲しいという熱病のような、理性を欠いた欲求から、私はそれを写し始めたのだ。〔中学二年生の秋頃で、勤労奉仕に駆り出されることが多かったが、雨が降ると家に帰ることができたのである。〕何しろ本文だけで二千ページもある辞書を写し出したのだから正気の沙汰ではない。数日後、父がそれを見て「やめた方がよい」と言った。どうせできっこないし、目を痛めるのが関の山だと思ったのである。実は私も内心はそう思い始めていたのでやめて、辞書は返した。

　戦後の数年間はあらゆるものが不足していた。食物、衣類、紙、住宅等々、何でも極端に不足していた。敗戦の翌年の新学期には教科書はなかった。国語の先生は黒板に『万葉集』の最初から書き出し、われわれ中学四年生は、それを自分が持っている紙――ノートのある者はノート――にそれを写した。その時、先生の持っていた『万葉集』は当然のことながら戦前に刊行されたものであった。その本が何と美しく贅沢に見え、それを何と欲しく思ったことか。戦前に出版された本は宝石の如く美しく、稀少であった。何しろ日本の六十余の主要都市が無差別爆撃で焼かれて灰と化してしまっていたのだ――書物の山と共に。しかし七十歳〔今は八十歳〕も過ぎて、書斎で静かに戦後の物不足の頃を回想して見ると、災厄も姿を変えた恩恵に思えなくもないところがある。

　紙不足やら何やら不足で英語の教科書も尋常のものではなかった。中学五年の次の年は新制高校三年になったが〔学制改革で私は旧制中学と新制高校を二年続けて卒業することになる〕その時の英語の教科書の最初がフランシス・ベーコン〔イギリスの哲学者一五六一—一六二六〕の「エッセイ」の一つ〔Of Studies〕であった。この時の担当の英語の教師が佐藤順太先生であったのは私の人生における最大の幸運の一つであった。この方は明治維新で微禄した、しかし高い教養のある武家の御出身で、日露戦争の頃に東京高等師範学校を卒業された人である。英語教師ではあったが、戦前の日本における猟銃と猟犬についての権威であり、その頃の百科事典におけるその関係項目の執筆者であった。先生は戦前とっくに隠退しておられた老人であったが、戦後の英語教員不足のため、教壇に呼びもどされたのであった。先生は「コンサイス・オックスフォード辞典（ＣＯＤ）」をひけるようならば英語は一人前だとおっしゃったので、私も古本屋でそれを見つけた（偶然初版であった）。順太先生はベーコンの例のエッセイを、ＣＯＤを利用して、文法的に厳密に読むことを私に教えて下さったのである。これはすばらしく心躍る体験であった。私の深い喜悦感と満足感は、数年前に漢文で『論語』を教えられた時と匹敵するものであった。

順太先生の御自宅にお伺いしたことは、私にとっては一種の開眼体験となった。私は生れて初めてプライベート・ライブラリーとも言うべき、天井まで本が並んでいる書斎に足を踏み入れたのである。その蔵書の大部分は倹飩《けんどん》に入った和漢の木版本であり、もう一方には『ネルソン百科事典』25巻や、枕ほどある厚さのアメリカの『スタンダード辞典』などがあった。この時私の受けた印象は実に深刻であり、「順太先生のような老人になろう」というのが私の人生目標になって今日に至っている。「先生のような書斎を持った隠遁的生活」――このイメージがそれ以後の私の人生の導きの星となったのだ。後に私は大学の教師になったわけだが、常に学内においては学校行政にかかわる仕事から逃げ、日本政府のいろいろの委員会からも逃げることにした。時にはこの方針を貫けないこともあったけれども。

昭和二十四年（一九四九年）私は東京の中心部にある上智大学に入った。この学校は元来はドイツのイエズス会が中心になって創立した高等教育機関であったが、私が入学した時は、日本で最も国際的な大学であった。この学校は私にとって「すばらしい新世界《ブレイヴ・ニュー・ワールド》」であった。私はここで生れて始めて外国人の学者たちに出会ったのである。教授陣には日本人、ドイツ人、フランス人、イギリス人、アメリカ人などの学者がいた。たとえば英国人教授の一人はチャールズ・ライエル卿（十九世紀のイギリスの地質学者でその著書はダーウィンの進化論の基礎ともなった）の孫もおられたし、アメリカの大学の学長をしたこともある人もおられた。上智大学は一九四〇年代の後半においては、米軍占領下の日本において特別な所であった。というのはここには特別な言論の自由があったからである。ある宗派神道の重要人物でもあった国文学の教授（東大出身）が開講のはじめに次のように言われたことを今でもはっきり覚えている。「この大学は、今の日本において『古事記』の授業ができる唯一の場所である。だから私のクラスでは『古事記』を読むことにする。」

この先生（佐藤幹二教授）の授業は一時限、つまり朝の一番早い時間だった。大抵の学生はサボった。（英文科の為の授業だったから、『古事記』に関心のある者はあまりいなかったのである」しばしば私はたった一人の学生として先生と向き合った。占領下の日本において私は『古事記』の講読を大学で一年を通じて一回も欠席せずに受けたおそらく唯一の人間ではあるまいかと思う。伊勢の神宮皇学館もＧＨＱ（占領軍総司令部）の命令で廃止せしめられていた。言論統制は戦時中よりも、ＧＨＱによる方が遥かに厳しく徹底的なものであったのである。私が日本最古の古典に導入された特殊な状況や、順太先生から受けた絶えざる書物愛の感化のおかげで、私の日本の書物に対する興味と趣味は今日まで続くものになったのである。（この蔵書目録には日本文学や漢文学関係のものは含まれていない。）

物質的窮乏はまだまだ続いた。私だけでなく日本国全体が窮乏していたのである。一ドルは戦前は二円から四円であったが、戦後は公的には一ドル三六〇円であり、闇では一ドルは四〇〇円ぐらいであった。戦前は一ポンドは一〇円であったが、戦後は一〇〇〇円以上であった。大学院生の頃に私が買った輸入された洋書の一冊はＲ・Ｆ・ジョウンズの『英語の勝利（*The Triumph of the English Language* オックスフォード大学出版部刊・一九五三)』というのであったが、その値段は食費を含めた私の寮費の一月分に近かった。こうした懐旧の念があるので、私のこの蔵書目録《カタログ》には、通常は採録に値いしないように見える安価版の本をも、キャクストン版チョーサーの絵入初版本や、『ベオウルフ』の初印刷本《エデティオ・プリンケプス》のような稀覯本と共に入れておいたのである。私の本の蒐集《コレクション》は蒐集のための蒐集ではない。私は熱心な読者であると同時に、蒐集した本は不断に私の著述活動や論文作成のために何らかの形で利用するものばかりである。学者として、また著述者としての私の精神と経歴《キャリア》は、私の蔵書の充実と共に伸びてきたと感じている。私が学生寮で読んだ古ぼけた安いペーパーバックの本も、旧友みたいなもので、高価な揺籃期本《インキユナブラ》の如く大切なのである。更に言えばこの蔵書目録の中には高雅の士の顰蹙《ひんしゅく》を買うに違いないものもあると思うが、私は西欧文明のできるだけ多くの切子面を知りたいという貪欲な関心があるために蒐集したのである。

大学院生の頃に、下宿代や交通費の節約のために大学図書館の守衛室に住むことになった。その仕事は、毎日の夕方、図書館が閉館になった後で、窓を閉め、入口のドアを閉めることだけだった。〝私〟が入口のドアの鍵を下ろせば、全図書館は実際上私の私有物になったようなものであった。私が何かの本で調べたいことがある時は、いかなる本であれ、直ちにその本を見に書庫に行くことができた。何という時間の経済だったろう。大学図書館に住み込んだという私のこの体験は、量《はか》り知れぬ価値ある一つの洞察――自分自身の図書館を持つことは何と便利なことかという洞察――を私に与えてくれたのである。それで私はこういう固い、また終生揺ぐことのなかった決心をしたのである――将来は自分自身の図書館を持ち、大学図書館に通って、図書館の手続きをしてから本を借りるという手間をかける必要がないようにしようと。

　高校三年〔新制〕の時に、順太先生の御指導の下にベーコンの『エッセイ』やロックの『人間悟性論』の一部を読んで以来、一つの驚異感が私を離れることがなかった。それは母国語と全く異質な言語の文章を正確に把握できるのはどうしてだろう、という不思議な気持ちである。この気持ちは英文法によって起された。つまり文法《グラマー》を知ると、他国語の難かしい文章の意味でも正確につかむことができるということなのである。文法は外国語の本に通ずる魔法の鍵なのだ。（後になって私は中世のイギリス人も文法《グラマー》について私と同じような不思議の気持ちを持っていたことを知った。gramarye《グラマリー》という単語は「文法《グラマー》」の意味と、「魔法」という二つの意味を持っていたのである。またglamour《グラマー》は「魔法」とか「魅惑」とか意味する単語であるが、これはgrammarの異綴語にすぎないことを知った。）私は文字通り文法に魅了され、かつ魅力あるものとして見るようになった。こんなわけで私の修士論文のテーマは「ベン・ジョンソン（Ben Jonson）の英文法書（*English Grammar*, 1640）の研究」というのであった。

この論文を書き終った頃に私が鋭く意識するようになったことは、英文法書の起源については、自分の力では全く調べようがないということであった。私は英文法書の起源に関する研究や文献に関する何らかのヒントを得たいと思って、東大をはじめとする何人かの著名な学者に訊ねたが、どなたもヒントすら与えて下さることができなかった。

予期もせぬ、また異常な幸運が転り込んできて、私は当時の西ドイツのウェストファリア州のミュンスター大学で私の研究を続けることができることになった。ミュンスター大学の総長がたまたま上智大学を訪問された際に、そこで研究するため、二人の学生を留学させる奨学金を贈呈してくれたのである。その時の文学部の大学院長だったロゲンドルフ先生――ドイツ人のイエズス会士であるが、ロンドン大学修士で上智では英文学と比較文学を教えておられた――は私にその奨学生たる適性があると認められたとみえて、ミュンスターに送り出すことにして下さった。これは異常なことであった。というのは私は英文科の学生だったからである。英語専攻の学生を大学がドイツに留学させることなど当時は考えられない事件だった。幸いなことにロゲンドルフ先生は英文科の教授ではあったが、ドイツにおける英語文献学《イングリッシエ・フィロロギー》が世界最高の水準であることをよく知っておられたし、たまたま私がドイツの大学でもやっていけそうなほどドイツ語のできる英文科大学院のただ一人の学生だったことを知っておられたのだ。

ミュンスターでも私は素晴しい幸運に恵まれた。カール・シュナイダー先生は理想的な指導教授であることがわかったのである。先生の学者としての特別な才能を示す面白いエピソードが語り継がれている。先生がマーブルク大学に教授資格請求論文《ハビリタチオンス・シュリフト》を提出した時、審査委員から一人の教授が降りた。その時に彼はこう言ったという。

「この論文に示された発見は、もし本当であるならばヤーコプ・グリムの発見に相当する大変なものである。本当であるとは思い難いが、その主張、発見を否定することが私にはできない。したがって私はこの論文の審査委員を辞退する。」

これは今から半世紀以上も前の話であるが、シュナイダー先生の諸発見、諸結論を有効に反証した人はまだ誰もいない。この偉大な学者を私が二度目に訪問した時、私の抱えていた問題解決への明らかな大道を示して下さった。（第一回目に訪問した時は、私は自己紹介をし、英文法書の起源を調べたいという留学の目的を英語で述べただけだった。というのは日本にいた時、ドイツ語会話をやったことはなかったからである。）

先生は私にとりあえず読むべき本のリストを下さった。それを一見して私は驚いた、というよりは仰天した。というのはベン・ジョンソンの『英文法』以外の、ほとんどすべての初期の英文法書が、第二次大戦以前にドイツで復刻出版されていたことがそこに示されていたからである。（ベン・ジョンソンのものが入っていないのは彼は有名な劇作家であるのでその全集版に収録されていたからである。）それに関する何点かの書物や論文もすでにドイツ語圏では出ていた。イギリスやアメリカでは、当時はまだ初期の英文法書は一冊も復刻されておらず、学問的研究業績も全くなかった。この対照はまことに注目すべきことである。私を驚かせ、かつ喜ばせたことのもう一つのことは、私が見たいと思った本や論文が、文字通り、すべて学科図書室か大学図書館にあったことである。

特に大学図書館の寛大さ、気前のよさはまさに驚嘆すべきものであった。私は好きなだけの冊数の本を借り出し、それを誰か他の人の請求がない限り、好きなだけ長い間自分の部屋に留めておくことができたのである。たとえば、カイルの『ラテン文法家集（H.Keil's *Grammatici Latini*）』という浩瀚な数巻を、二年間も学生寮の私の部屋の机の上に置いておくことができたことを覚えている。更に大学附属の印刷所に頼むと、どんな論文でもパンフレットでも必ず二日以内に写真印刷してくれた（ゼロックスはまだ発明されていない）。

シュナイダー先生御自身のお言葉によれば、「前例なき速さで」私は自分の博士論文『近世初期英文典の中世ラテン文典に対する依存に関する研究（*Studien zur Abhängigkeit der frühneuenglischen Grammatiken von den mittelalterlichen Lateingrammatiken*）』を完成し、先生の御推挙を得て、三百ページの本にして出版することができた。昭和三十三年（一九五八年）のことである〔私は二十七歳〕。この論文を完成するのに二年もかからなかった〔当時のドイツの大学では学位や国家試験を受ける資格の前提として最低四学期、つまり満二年の在学が必要だったので、私の博士授与のための口述試験は四学期目が終ってから行なわれた。〕私の論文作成がこんなにもすみやかに進展した理由は私には全く明らかであった。それは私が見たいと思うすべての本、すべての論文を簡単に見ることができたからに他ならないのである。別の言葉で言えば、ドイツの大学図書館制度とその充実度は、私が当時の日本では夢にも見ることのできない速さで論文を完成することを私に可能にしてくれたのだった。正にこの体験のおかげで、「将来は自分自身のための図書館を建てるぞ」という決心が全く不動になったと言える。

それから日本に帰ることなく、故ダーシィ先生の特別のお計いでオックスフォード大学ジーザス・カレッジの寄託研究生ということになった。ダーシィ先生はオックスフォード大学のキャンピオン・ホールというカレッジの学寮長、イエズス会のイギリス管区長であると共に、『愛のマインドとハート』のような国際的に知られた書物の著者でもあり『ザ・マンス』誌の編集者でもあられた。オックスフォードにおける私のメンターはE・J・ドブソン教授であり、先生の御配慮でボードレイアン図書館の「ハンフリー公爵の部屋〔貴重本のための特別図書室〕」にも自由に出入りできるようになった。私はそこで風格のある学者たちが、鎖のついた本の間で、いかにも古そうな本を読んだり調べたりしている姿を見た。この特別の貴重本室は、イギリス最初の本の大コレクターとしてグロスター善良公ハンフリーの名を記念して命名されたものだが、彼のコレクションのうち、ボードレイアン図書館に残っているのは三冊だけだと教えられた。私と言えば、将来、自分自身の図書館の中で、高貴なフォリオ版の本や、貴重な四ツ折版の古書に囲まれている自分自身の姿を夢想し始めていた。

この頃――一九五〇年代――のオックスフォードやロンドンの古書店を度々訪ねたことは、「すばらしい旧世界《ブレイヴ・オールド・ワールド》」に目を開かせてくれた。しかし貧窮奨学生であるに過ぎなかった私は、何段も何段も書棚に並んでいる高価な古書群を、ただただ驚嘆と畏怖の念をもって眺めるだけであった。しかしオックスフォードを去って帰国する少し前に、持ち合わせの残金すべてをはたいて、イギリス留学記念のために一、二点の古書を買おうと決心した。その一冊はファーステガンの『腐敗した知性の回復（Richard Verstegan, *A Restitution of Decayed Intelligence*, 1634）』であり（この初版本は約三十年後に入手）、もう一冊はひどくぼろっちい状態の四つ折版ベーコンの哲学全集であった。（今私が使っているのはスペデングとエリス編の全集である。）

東京にもどり、昔のように大学図書館の守衛室に入って、大学教師としての生活を始めることになった。月給は安かったが（一万五、六千円の月給だった）、私の自分自身の図書室を作るという決心は揺がなかったので、私は友人や知人には「俺自身の図書室、あるいは少くとも本で囲まれる書斎を持つまでは結婚しないつもりだ」と言ったものである。一若僧教師のこういう生意気な言葉は、先輩教授たちのカンに触ったと思われるが、考えてみればそれも当然のことだった。多くの教授方だって書斎を持たないどころか、家も持っておられなかったからである。日本は文字通り空襲で焼き盡された国であり、東京はホロコーストされた〔丸焼きにされた〕都市であった。年輩の先生たちの中には、命だけ持って戦場から帰ってきた人もいた。私はどちらかと言えば鈍感な人間だと思っているが、その自分にもそういう先輩教授たちの反感がわかることが時にあった。いずれにせよ、いろんな予想しない運命の展開があり、魅力的な若い女性と結婚することのできる経済的条件が揃った。これが現在の私の妻である。そしてわたしが三十歳の誕生日の約一週前ぐらいに結婚し、昭和三十五年（一九六〇年）に書斎のある家で新婚生活を始めることができた。

　われわれの一家は一九七〇年代の終り頃〔昭和五二～五三年〕にエデンバラに一年滞在した。その間、私は今ではなくなった古書店のボールデングズの人々と親しくなった。

私はこの店にほとんど毎日のように出かけて、そこの人たちとつき合っているうちに、古書業界のことをいろいろ実際的に知るようになった。エデンバラのかの有名なシグネット図書館の大規模なセール〔ほとんど解体的な蔵書処分〕は私のその地への滞在中に起った。私はその際に小型トラック一杯分ほどの言語学関係の書物を買った。また当時イギリスのところどころで行なわれていた貴族屋敷《カントリー・ホール》のオークションに参加した〔貴族や豪家の屋敷でその家の家具や蔵書がセリにかけられた時代であった。〕その光景を見て私はC・N・パーキンソンの描く、富裕階級の崩壊の記述を思い出した。

　エデンバラ及びイングランド滞在中に私が買った本の量は相当なものになっていた。東京に帰ったらすぐにも裏庭に書庫を一棟建てなければならないことは明瞭であった。その新書庫の作り方の貴重なヒントを、私はロンドンの古書店エドワーズと、アボッツフォードにあるサー・ウォルター・スコット邸の書庫から得た。もちろんそのスケールにおいては足もとにも及ばないにしろ、書庫のキイ・コンセプトはこういう壮大な書物の殿堂から私は得たのである。

それから私が入手した古本についての話題や思い出は、この目録にかかげられている数と比例している。しかし私の書物好き人生のその後の出来事で最も重要なのは、雄松堂の新田満夫氏との出会いである。彼の親切な御紹介により私はA・I・B・〔国際ビブリオフィル協会〕に入会した。この協会が毎年行うビブリオフィル的〔古書気違い的〕会合や旅行は、私と妻との毎年の楽しみになっている。ヴルツブルグでのA・I・B・の年次会議の折に、オットー・シェーファー〔Otto Schäfer〕氏のすばらしい蔵書を見せていただいた。氏は西欧の絵入本の大コレクターである。氏の図書館を案内してもらっている時、私は家内にある一冊の本を指さしてこう囁いた。

「このすばらしい個人図書館の中で、私が欲しいと思うのはあれ一冊だけだよ。」

それはキャクストンによるチョーサーの絵入り初版本であった。私は正にこの本が数年後には私などの書庫に入ることになるだろうとは夢にも思わなかった。このことは新田氏の賢明な助言によって可能になったのである。

今になってみると、私のコレクションが出来上るには多くの古書店の友人のお世話になっていたことが痛感される。もし三つの国からたった一人ずつの古書店の知友の名をあげるとすれば、日本では崇文荘の佐藤毅氏、アメリカのルーロン・ミラー氏〔Rulon-Miller〕、イギリスのカレン・トムソン女史〔Karen Thomson〕になるであろう。最後になるが、私が最も感謝しなければならないのは妻の迪子である。彼女は教養ある両親の下で育てられ、桐朋学園を出て、母校のピアノ講師もしていたが、三人の子供を立派に育て上げながらも、多分に変った夫に精神的援助を常に与え続けてきたのである。しかし今日では、この理想的な私の妻も、「わが家では人権よりも本権が重じられている」と言って心穏《こころおだ》やかでなくなってきているのだ。事実、ゆっくりと、しかし着実に本は私の書斎から溢れ出し、書庫からも溢れだし、応接間を満たし、私の寝室を満たし〔寝室は夫婦別室〕、廊下を満たし、家人には一種の物理的脅威と見え始めてきたのである。妻は建築士を招いて、十万冊の蔵書の入る書庫・書斎付きの家の設計図を依頼した。その設計図はでき上ったが、それを建てるべき適当な土地が見付からないのだ。東京の地価は高いことで有名である。今、われわれが住んでいる場所〔東京都練馬区関町〕は坪百万円以上だ。私の新しい書庫向きの土地がどうしたら見付るのかわからない。

しかし今から半世紀前、書庫どころか書斎を持つことさえ、戦後日本の大部分の教師たちには突飛な夢みたいなものだった。天が許し給うならば、私の妻の夢が——それは私の夢でもあるのだが——私が年取り過ぎないうちに実現してもらいたいものだと祈る次第である。今や私たち夫婦の共同の夢は、一つの言い方にかかっているのだ。すなわち「天が許し給えば」とか、ホラティウスの詩にある「他のことは〔われわれにとって適当な土地を手に入れることは、になる〕神々に任せなさい（permitte divis cetera）」という言葉である。

平成十三年（二〇〇一年）五月

渡部昇一

〔附記〕

この後、数年経つと天が許し給うたのか、任せられた神々が助けてくれたのか、妻も私も理想とする個人図書館《プライベイト・ライブラリー》ができた。英語のライブラリイ、ドイツ語やフランス語のビブリオテークは、「蔵書」「書庫」「図書館」などさまざまな意味がある。大体は規模によると考えてよいが、多分に主観的なところもある。個人蔵書でも個人図書館も英・独・仏語では全く同じ表現になる。邦訳ではその場に応じて主観的に訳語を変えざるを得なかった。

また本訳は意訳の部分が少くない。元来は外国人のために書いたので、日本人には『古事記』でよいところも、原文では編纂年代まで入れた説明が必要であった。文中の（　）は原文にあるものだが〔　　〕は、今回補ったものである。

ちなみに東京の空襲を「ホロコースト」と英文で書いたのはこの「序文」が最初ではあるまいか。そのせいかフランス国立図書館に本部を置くA・I・B・の『紀要《ブレテン》』は、これを掲載したので、世界中の愛書家には、ホロコーストはアウシュヴッツだけでないことを知らせたことになる。事実、カリフォルニアに住む有名な古書業者のユダヤ人から、この「序文」はmoving（感動的）という丁寧な手紙がきた。

渡部昇一記

平成二十三年（二〇一一）六月十九日

レス・フーリッシュな選択をしよう

過度に賢明であってはならない（ne supra modum sapere）

編集部口上　「レス・フーリッシュな選択をしよう」は『95歳へ！』（幸福な晩年を築く33の技術）（飛鳥新社 2007.4.19）に掲載されたもの。読む者への助言、励ましであるとともに、前掲「書物愛的伝記」の後日譚ともなっている。

昭和五年生まれの私は、今年（平成十九年）、満七七歳を迎えます。もう喜寿《きじゅ》です。平均寿命が延びたので、七〇歳を古稀《こき》（人生七十古来稀《こらいまれ》なり）だなんて言えなくなりましたが、まあ、世間で言う「イイ歳」になったわけです。しかし、イイ歳でも、これといって身体に悪い所もなく、至って健康。けっこう充実した、楽しい日々を送っています。

何をしていたら楽しいか――というのは人それぞれですが、私の場合、読書をしたり、調べ物をしたり、モノを書いたりという「書斎の生活」が楽しい。その他にもいろいろと楽しみはありますが、私にとって必要不可欠、最も心の落ち着く場所といえば、書斎より他にないのです。

そういう、私にとっては楽園とも言える書斎を昨年、新築しました。そして、今、出来上がったばかりの書斎で少しずつ書棚に本を収めているところです。

本の好きな方には理解していただけると思いますが、この作業が楽しい。並べるために手にした一冊をちょっと開いてみたりします。

――この本は、あの論文を書く時にお世話になった。

――この本は、若い時に読んで啓発された。

などと、思い出しつつ読み始めてしまう。すると、昔、読んだときには気付かなかったことを発見したり、確かに同じ文章を読んだはずなのに、何十年かを経て再読するとまったく別の感じ方をするわけです。感心して赤線を引いてあるところに感心しなくなったり、逆に素通りしていたところに感心したりします。気付くと「アレ、もうこんな時間か」というくらい時を忘れていたりします。

書斎を新築しようかと考えたのは数年前のことでした。当時住んでいた家にも独立した書斎も書庫もあったのですが、そこから本が溢れ出しました。応接間や居間を侵食し、至る所で平積みになってしまったのです。

専門の英語学関係の洋書だけで約一万点。もっとも一点何十冊のものも多数あります。一般の方には想像しにくいかもしれませんが、洋書の蔵書目録だけでA四判七〇〇ページ（『Bibliotheca Philologica Watanabeiensis』雄松堂）になります。神田の古書店では三万円ぐらいの値段がついています。

ちょっと自慢させていただくと、この目録を見た英国の文献学者ドゥ・ハンメル博士から版元の雄松堂にこんな主旨の手紙が来ました。

「これだけの質と量が揃ったプライベート・ライブラリーはイギリスでも見たことがない」

ドゥ・ハンメル氏はケンブリッジのパーカー図書館長（これはイギリス最古の図書館の一つです）で、かつてサザビーの古書係も務めた当代一流の古書の目利《めき》きです。そういう人物が右のような手紙をくれるほどの蔵書が、私の手許《てもと》にあります。しかも、その他に何万冊かの和漢の書もあるのです。

それらが居住スペースを侵食しているだけなら我慢すればいいのですが、本は平積みにしてしまうと、下のものに手を出しにくくなります。平積みの山の手前にもう一山積んでしまったりすると、背表紙が見えなくなり、奥から取り出すのはかなり億劫《おっくう》です。すると、ものを書く時に、本来なら原典に当たって確認するのに、つい記憶に頼ってしまうということが起こる。これは学者として甚《はなは》だよろしくありません。

というわけで、書斎を新築したいと思ったのですが、都内にそれだけの建物（収容一五万冊）を造るとなれば、けっこうな金が必要です。若干の蓄えを注《つ》ぎ込んでも、億余の借金をしなければなりません。この歳で蓄えを吐き出し、大きな借金をするというのは、どう見てもフーリッシュ（愚か）でしょう。

しかし、私は考えました。所有する本を使えない状態（全部ではないが）のまま死ぬのと、借金をして活用できるよう並べて死ぬのと、どっちがひどい愚かさだろうか。両方とも愚かではあるけれど、レス・フーリッシュ（愚劣度が多少低い）なのはどっちだろうか、と。そして、借金をして本を並べることにしたのです。

経済的合理性あるいは経済効率といった判断基準を持ち出せば愚かな選択でしょうが、私にとって一番大事なのは、これから先――つまり晩年をどう生きるかということです。この観点から考えると、どうしても「書斎の新築」になりました。

もうすぐ定年を迎える「団塊の世代」の方たち、あるいはすでに定年を迎えて第二の人生を歩き始めた方たちの多くも、「これからどう生きようか」あるいは「さて、何をしようか」と考えていることでしょう。

若い時ならいざ知らず、六〇歳近くなっての失敗は取り返すのが大変ですから、「失敗しないように。どうしたら最も賢明か」と選択肢を探します。

しかし、所詮《しょせん》、神ならぬ人間のすること。「賢明さ」ばかりを追求すると「何もしないのが一番賢明」という結論に達してしまうかもしれません。つい最悪の事態を想定し、それに至るまでの別の可能性を含んだ選択肢をどんどん捨ててしまうからです。

悲観的な想定をし、それに備えるのも大事なことですが、備えまくって、それで人生が終わってしまうということもあります。

定年を迎える年齢になり、子どもも成人したということは、社会人として課せられていた義務の大半から解放されたということです。「賢明さ」より「楽しさ」に重きを置いて「レス・フーリッシュでいい」という生き方を検討してみてはいかがでしょうか。「過度に賢明であってはならない（ne supra modum sapere）」というラテン語の格言もあります。

私の死亡記事

稀代の論客、鯉を見ながら大往生

編集部口上　この作品は文藝春秋発行（2000.12.10）の『私の死亡記事』に、執筆者一〇二名の一人として収録されたものである。

渡部昇一（わたなべしょういち）。一九三〇（昭和五）年十月十五日、山形県鶴岡市養海塚に生れる。藩校明倫致道館の後身、朝陽第一小学校に入ったが、甚しい偏食のため栄養不良で学業、体操すべて不振。わずかに作文に見るべきものがあった。極度の近視で、読書癖、蒐集癖あり。父君は貧窮の中にありながら、この子の癖《へき》を愛して最寄の古書店より帳面付で自由に本を買うことを許す。後年、この癖はますます嵩じて、専門分野の個人蔵書としては内容規模共に世界一、二と称せられるビブリオテカ・フィロロジカ・ワタナベイエンシスを作り、その浩瀚な蔵書目録を出版。国際ビブリオフィル協会の総会を欧米以外ではじめて東京で開催する。日本ビブリオフィル協会初代会長。

旧制鶴岡中学五年卒、翌年、新制鶴岡第一高等学校三年に編入。理想の恩師に出会い英語学・英文学に志して上智大学英文科に進学。同大学大学院西洋文化研究科修士課程を一九五五年修了。直ちに同科助手となり、同年秋ドイツ・ミュンスター大学に留学。同大学 Dr. phil. magna cum laude を授与され、引き続きオクスフォード大学ジーザス・カレッジ寄託研究生となる。帰国後、母校に就職。講師、助教授を経て教授として今日に至る。その間、アメリカ四州の客員教授として比較文明論を講ずる。

書斎の虫として晏如《あんじょ》たる人生を送るコースに定着した頃、月刊『諸君！』より杉村楚人冠『最近新聞紙学』（復刊版）の書評を依頼される。たまたま林彪生存説を流し続ける「朝日新聞」に憤慨していた折のこととて、杉村基準からの同紙の堕落を指摘。その後しばしば論壇に登場の機会を与えられる。「朝日新聞」からヒトラー呼ばわりされた時は月刊「文藝春秋」によって反論。「朝日新聞に名誉毀損されながら自殺も失脚もしなかった最初の教職者」と言われ、文藝春秋社を命の恩人と感ずる。中国の抗議にもとづく教科書騒動においては、『諸君！』誌上で公開質問をくり返し完全に「朝日新聞」

を沈黙せしめる。左翼人権団体から夏休をはさんで半年に及ぶ授業妨害を受けたこと二度。糾弾者に対して表現の訂正や謝罪の必要を認めないまま、抗議を終熄せしめる。

　この間、その道の専門家と論争することしばしばであった。たとえば森嶋通夫氏と「サッチャー政権について」『中央公論』、大野晋氏と「カミの語源」について（『月刊言語』）、加地伸行氏の「中国の意味」について（『産経新聞』）、立花隆氏と「ロッキード裁判」について（『諸君！』『朝日ジャーナル』等）、秦郁彦氏と「ドイツ参謀本部」や「南京事件」について（『新潮45』等）、西山千明らと「ハイエク」（『論座』）について。いずれの場合も自説を訂正する必要を認めず。糾弾される人間が休講するのは逃亡と見られるおそれがあるので健康に留意。大学紛争終熄以来三十年間、病気による休講はゼロ。英文法史、イギリス国学史、英語語源学では日本人研究者が英米の専門家の先に立ちうることを立証。ミュンスター大学より名誉学位を受けた直後、自ら卵から孵化した大鯉を眺めながら突然死。漢詩と書に親しみ、書斎を噞喁《げんぎょう》書屋と名づけ愛鯉軒また鳥丘と号する。〔二〇〇〇年出稿〕

己に忠実に

書斎だけの人間でなくなった所以

編集部口上 「己に忠実に」は『別冊 正論 11』（2009.7.13）のスペシャル・エッセイ「わが昭和の〝時の時〟」に掲載された。

汝草木と同じく朽ちんと…

父から学んだのは学問への憧れだった。田舎の没落農家の長男だった父は、家督を弟に譲って町へ出た。同じように農村から出てきた母と知り合い、一緒になってからは香油や香料、化粧品、玩具などを扱う小さな店を営んでいた。なまじっか形式的な教育を受けなかっただけに、父の学問に対する憧れ、学問する人間への尊敬心は純粋で、私も少年時代に金持ちが偉いとか政治家が偉いと思ったことは一度もなく、学者がいちばん偉いと思っていた。

家計は決して豊かではなかったが、父は本屋でツケが利くようにしてくれた。ほかに金持ちの子もいたが、そんなことができたのは私だけで、得意満面だった。当時の私の読書は少年講談にはじまって『キング』に至るまで通俗的なものばかりだったが、繰り返し読むことの楽しさを味わえたのは本当に幸福だった。

一方で勉強はといえば、私はまことに鈍な子供で、田舎の小学校にもかかわらず優等生ではなかった。しかし読書の世界に耽溺するうち、「汝草木と同じく朽ちんと欲するか」という頼山陽の言葉を知って、さすがに子供心にもひやりとした。その言葉を紙に書き自らを励まして勉強したという頼山陽に倣って、私も学問に向き合おうと思った。

旧制中学に入って将来の夢を聞かれたとき、海軍予備学生とか陸軍幼年学校と答える同級生を横目に、私は「文士になります」と答えた。何のことはない。「士」とつくから勇ましいんじゃないかと単純に思ったのである。昭和十八年、アッツ島玉砕の頃だが、もちろん日本が負けるとは思っていない。当時の私はまた、忠勇美談に感動する普通の軍国少年でもあったのだ。

己に忠実であること

敗戦はまことに口惜しかったが、同時に本当の恩師と呼ぶべき人にめぐり会わせてくれた。佐藤順太先生である。戦時中は隠棲しておられたのが、戦後、英語教師の需要が増えたため、老躯を厭わずに再び教壇に立たれたのだった。私は一回目の授業から先生に魅了されてしまった。何やら無意識にずっと求めてきた師にめぐり会ったという直感がした。

まだ「知的生活」という言葉は知らなかったが、順太先生はまさしくそれを実践しておられ、「順太先生のごとく」というのが私の念願になったのである。英文科に進むことに決めたのも、この憧れゆえだった。

順太先生の何に惹かれたのか…ひとことで言えば「分かったふり」は決してなさらない、「己に忠実」な方であられたところである。これを倫理道徳的な面よりも個人の進歩と向上の立場から解釈すれば、「知的正直」ということになろう。

後年、私はジャーナリズムの世界で猖獗を極めるマルクス主義と、言葉による干戈を幾度も交えることになり、いささか注目を集める存在となったが、それは決して〝本職〟ではない。それをせずに済んでいたときが、実は私にとってはいい時代だったのである。

だがドイツ留学時代に東側のベルリンの悲劇を見た私が、ロシア革命以後のマルクス主義がいかに日本を歪め、日本人を不幸に陥れたかという歴史の真実に行き当たれば、己に忠実であろうとする限り、看過できないことでもあった。

偶然にも『諸君！』の編集長だった安藤満さん（のち文藝春秋社長）が拙宅の通り筋に住んでいたことが、私を書斎だけの人間ではなくした。これもまた不思議なめぐり合わせである。

人間学の古典「史記」の魅力

シェイクスピアよりはるかに大きく、より迫真的である。

編集部口上　本編は、人間学読本……史記「男はいかに生くべきか」（プレジデント社 1984. 11. 10）収録論文十二編の最初に掲載されたものである。渡部先生が「史記」についてその魅力を語るものであるが、「史記」は先生が、英語の研究を本職とする覚悟を決めることになったコーナーストーンの一つでもあったのである。

私を感奮させた「史記」の名文章

私が、『史記』という本に本格的に興味をもったのは、上智大学英文科一年生の夏のことだった。

その頃の私は、実は、〝英文学〟に悩まされていた。英語が好きで志望して英文科にきたものの、入学早々、ブランデンの『講義録』や、リーダーズ・ダイジェストを読むわけだが、散文はともかく詩があまり面白くない。当時、私は英語の実力については、ある程度の自信をもっていた。それにもかかわらず、英文学が面白くないというのであれば、「外国文学は本当にわかるものなのかどうか」と疑い始め、ひいては「外国文学は、はたして男が一生をかけて研究するに値いするほど面白いものなのか？」とまで考えていたのである。

数学、機械工学、法律などは、いくら難しいといっても努力すれば多少はわかるであろうし、わかった分だけを使っても生計は立てられよう。ところが、文学部というのは、元来が実学に役に立たないことを前提としているから、当時の男一匹、文学部へいくことは非常に気が重いわけである。そこを敢えて進学したのに、学ぶものがこんなにわからなくていいものか？　と私は悩んだ。そこで私は、思いきって英語の先生である佐藤順太先生に聞いてみた。

「外国文学はわかるものなりや？」

すると先生は、「英語はともかく、たとえば、こういうのが文学というものじゃないかな」と言って出されたのが『史記』であった。そのとき先生は、「項羽本紀」四面楚歌のあたりを暗誦された。それは私を感奮させるに十分だった。

> 項王の軍、垓下《がいか》に壁す。兵少く食尽す。漢の軍及び諸侯の兵これを囲むこと数重。夜、漢の軍の四面、みな楚歌するを聞き、項王すなわち大いに驚きて曰く、「漢、みなすでに楚を得たるか。これなんぞ楚人の多きや」。項王すなわち夜起きて帳中に飲す。美人有り名は虞、常に幸せられて従う。駿馬あり名は騅《すい》、常にこれに

騎す。ここにおいて項王すなわち悲歌忼慨《こうがい》し、自ら詩を為《つく》りて曰く、

力は山を抜き、気は世を蓋《おお》う。時利あらず騅逝《ゆ》かず。騅逝かざるいかにすべき。
虞や虞やなんじをいかにせん

歌うこと数闋《けつ》。美人これに和す。項王、泣《なみだ》数行下る。左右みな泣き、よく仰ぎ視るものなし。

このあたりは私も漢文で習って知っていた。しかし、その次の部分を私は知らなかったが、先生が朗誦されるのを聞いて胸衝かれるほどに感動した。

是に於て項王、乃《すなわ》ち東のかた烏江を渡らんと欲す。烏江の亭長、船を檥《ぎ》して待つ。項王に謂いて曰く、「江東、小なりと雖《いえど》も、地は方千里、衆は数十万、亦た王たるに足るなり。願わくは大王、急ぎ渡れ。今独り臣のみ船有り。漢の軍至るとも、もって渡るなからん」。項王笑いて曰く、「天の我を亡ぼすに、我、何ぞ渡るを為

さん。且つ籍（項羽の字《あざな》）、江東の子弟八千人と江を渡りて西せしに、今、一人の還るものなし。縦《たと》え江東の父兄、憐みて我を王たらしむとも、我、何の面目ありてかこれに見《まみ》えん。縦え彼言わずとも、籍、独り心に愧《は》じざらんや」。（中略）すなわち自《じ》刎《ふん》して死す。

このとき先生は、どうだ、こういうのは面白いだろう、と言われたが、押しつけがましい言い方ではなかった。しかし、すこし大袈裟に言えば、私はこのとき初めて高級な文学というものがわかった、と思った。しかも、それは外国文学である。この漢文という外国文学はわれわれの先祖も理解してきたし、今、自分たちも、そのよさがわかるようになった。英文学はまだわからないが、それは英文学のせいではなくて、学力不足によるものだ。ならば、志を立てて努めれば次第にわかるであろうと思った。こうして、私自身、男一匹が英文学に身を投げかけて、その研究者として残る、つまり英語でメシを食う覚悟を決めた——そのコーナーストーンの一つが『史記』であった。

漱石文学を解く鍵は『史記』にある

右の体験をもったおかげで、私は、のちに漱石の『文学論』を読んでいて、生意気にも、漱石がかつての私と同じ悩みをもったことを発見した。

漱石は文部省の留学生として最初にイギリスへ行った人で、英文学をやる者の元祖である。それだけに、英文学をやる者の悩みも全部先行して悩んだようだ。そのことは、漱石がイギリス留学後、東京帝国大学で講義した『文学論』の序文に書かれている。

「予は少時好んで漢籍を学びたり。之を学ぶ事短かきにも関《かかわ》らず、文学は斯くの如き者なりとの定義を漠然と冥々裏に左国史漢より得たり。ひそかに思ふに英文学も亦《また》かくの如きものなるべし、斯の如きものならば生涯を挙げて之を学ぶも、あながちに悔ゆることなかるべしと。余が単身流行せざる英文学科に入りたるは、全く此幼稚にして単純な

郵便はがき

料金受取人払郵便

豊島支店
承 認

4226

差出有効期間
平成25年12月
14日まで
(切手不要)

1718790

東京都豊島区南池袋4-20-9
サンロードビル603

広瀬書院 読者係 行

★お差し支えない範囲で御記入下さい。

フリガナ		性　別	男 ・ 女
お名前		生年月日	(明・大・昭・平) 西暦 年　　月　　日生 歳
御自宅	〒		
御勤務先	〒		
お電話	(自)	(勤)	
e-mail			
御職業	1.会社員　2.会社役員　3.公務員　4.自衛官　5.教職員　6.団体職員　7.農林漁業　8.自営業　9.自由業 10.主婦　11.学生　12.無職　13.その他 (　　　)		

★ご記入いただいた個人情報は新刊のご案内等、小社からのお知らせのために使用し、
その目的以外での利用はいたしません。

書　名	渡部昇一ブックス①　　わが書物愛的伝記

お差し支えない範囲で御記入お願いいたします。

心のある外国語

く使う国語辞典、英和辞典

右の書

に入っている渡部昇一先生の本

く読む月刊誌

で御使用のものを、囲んで下さい。　mixi　Twitter　Facebook　Google+

本書についての御感想（内容関係、装丁等見た感じ、定価）

その他、御意見何でも

る理由に支配せられたるなり」（傍点渡部）

漱石はここで、「自分は文学という概念を〝左国史漢〟から得た。文学がこんなに面白いものなら、英文学でも同じであろう。だから自分は、英文学をやって後悔することはなかろうと考えて英文学科にはいった」と言っている。しかし勉強するにつれて漱石の考えは変わってきた。

「（英文学科を）卒業せる余の脳裏には何となく英文学に欺かれたるが如き不安の念あり。余は此の不安の念を抱いて西の方松山に赴むき、……此不安の念の消えぬうち倫敦《ロンドン》に来れり。……翻って思ふに余は漢籍に於て左程《さほど》根底ある学力あるにあらず、然《しか》も余は充分之を味ひ得るものと自信す。余が英語に於ける知識は無論深しと云ふ可からざるも、漢籍に於けるそれに劣れりとは思はず。学力は同程度として好悪のかく迄に岐《わ》かるるは両者の性質のそれ程に異なるが為めならずんばあらず、換言すれば漢学に所謂《いわゆる》文学と英語に所謂文学とは到底同定義の下に一括し得べからざる異種類のものたらざる可からず……」

漱石は漢文で〝文学〟というのと、英文学で〝文学〟というのとは違う、と言っているわけである。ここのところが重要だというので、吉田健一氏以来の比較文学論をする人は、ここの個所を「東洋文学 vs. 西洋文学」という対比で把えた。そして「東洋文学と西洋文学は違う――これが漱石の洞察だ」とおっしゃっている。

しかし、私はそうは思わない。私はこの序文を読んで、まず「自分と同じ悩みの人がいたのだなあ」と思ったものである。

右の序文で、漱石は、「左国史漢から文学観を得た」とはっきり言っている。『金瓶梅』や『紅楼夢』から得たとは書いていない。吉田健一氏は、そこのところをネグっているが、私は、逆に、そこのところにひっかかった。「左国史漢」とは、『春秋左氏伝』、『国語』、『史記』、『漢書』のことで、全部、歴史書である。その中でも、『史記』が圧倒的に重要だから、端的に言えば、漱石は『史記』みたいな本を読んで、これを文学だと思った、ということであろう。特に、どのあたりを文学だと思ったかについて漱石は言っていないけれど、先述の「項羽本紀」のあたりは感激しないではいられなかったであろう。文学がこれほど人を感激させるものなら、英文学にもそれがあるに違いない。それなら自分もやっていい、と漱石は考えた。

　ところが、漱石が留学した頃のイギリスには、ケンブリッジにもオックスフォードにも、まだ「英文学」の講座さえできていなかった。仕方なく、格が違うロンドン大学で古ゲルマン文学、中英語などを勉強したが、中英語をあまり勉強していなかった漱石は授業が全然わからない。

　現代文学では、サイラス・マーナーとかジェーン・オースティンの小説を読んだようであるが、「左国史漢」で文学観を形成した漱石は、そこに大きなズレを感じたろうと思われる。というのは、ジェーン・オースティンという作家は、大衆性のある女流作家で、それらは元来、ソファにでももたれて気楽に読むべき小説である。それを辞書をひきながら読んだのでは、その小説を読むにふさわしいスピードにはならない。だから、漱石が裏切られたという感じをもったのではあるまいか。これらの作品は、小説を寝ころんで読むだけの英語の実力ができるまでは、本来、語ってはいけないものである。ましてや『史記』とは内容も調子も比ぶべくもない。

「左国史漢」というのは稗史、小説の類とは違うから、比べるのなら、マコーレーの『英国史』とか、ギボンの『ローマ帝国衰亡史』と比べるべきである。漱石は比較の対象を間違えたと言えよう。

それやこれやで漱石は、

「男一匹、こんなものに賭けていいのだろうか」

と思ったであろう、と私は解釈している。この疑問を提出したのは私が最初だと思うが、そのヒントとなったのが「左国史漢」である。漱石文学を解く鍵もここにある、と私は思う。（詳しくは、「教養の伝統について」講談社学術文庫・1977、または「漱石と漢詩」英潮社・1974―編集部）

こうして、吉田健一先生も見損なったことを私がキャッチできたのも、佐藤順太先生から『史記』（以降『 』を略す）を通じて「文学とは何か」を学んでいたおかげだと、私は今も感謝している。

古典教育は精神のある種の型をつくる

史記の古典性について語る場合、その前に、昔の漢文教育に触れなければならない。今にして思えば、佐藤順太先生が史記の一部を朗誦されたとき、私が「ブルッ」とするほど感じたということは、それだけの下地——素養があったからである。それは戦前の漢文教育のおかげである。私の場合、旧制中学一～五年、および新制高校三年の間ずっと漢文を必修科目としてやってきた。その際、漢文を読み下し文にして大声を出して読むので、繰り返しているうちにサワリのところを自然に暗誦してしまう。と同時に、漢文体の美しさを感覚的にも体得する。私の頃は『論語』も『十八史略』もすべてそのようにして身につけたものである。ただし史記については、私も昔の人たちも、その全部を読んだわけではない。なにしろ史記は尨大なものだから、これを全部読むというのは、よほどの専門家である。昔の人は史記を『十八史略』の形で読んだと思うし、戦前の漢文教育でも『十八史略』が用いられていた。それは、史記のいいところが損なわれずに『十八史略』に収録されているからだ。

この稿のために、「項羽」を述べた『十八史略』の部分と、史記の原文を実際に比べてみたところ、史記に入っている名文句は、すべて『十八史略』に入っていることがわかった。そのうえ、くだくだしいところはカットしているから、読みやすいし、暗記もしやすい。だから『十八史略』を読めば、言葉の迫力も、司馬遷の文章の雰囲気も、読み下し文で理解できたわけである。

私自身、順太先生が朗誦されるのに直ちに感応できたのは、『十八史略』のサワリが頭に入っていたからで、これは漢文による「古典教育」のおかげである。古典教育は、決して大学者をつくるためのものではない。以下に述べるように、「精神のある種の型をつくる」ところに、その真価があると私は考えている。

古典の効用――古典は人間のスケールを大きくする

「人間」について語る場合に、「スケールの大きさ」ということがよく問題にされる。たとえば、西郷隆盛と弟の西郷従道を比べると隆盛の方が段違いに大きいといわれる。ところが、その従道と陸軍元帥の大山巌と比べると、大山巌が実に小さく見えたという。その大山巌とほかの将軍たちを比べると、ほかの将軍たちがまた一ケタ小さくなる。乃木大将も大山巌と比べると小さいが、それでも、その後の大将たちと比べると、後者は子どもみたいなものである。こうして、どんどん人間が小さくなるのは、単に時代が下がったからそう感じるのかどうか、というと、本当に人間が小さくなっているらしいのである。

では、その原因は何なのか。

私は、維新の元勲や偉い人と、それ以後の人たちのスケールの違いの原因の一つは〈教育組織〉にある、と考えている。というのは、維新以前の人たちの教育は、史記とか『論語』とかの漢籍を中心とするものであり、専門教育はその後につけ足し程度に受けたにすぎない。一言で言えば少年期に〈文学部の教育〉しか受けていない。そうした彼らの圧倒的な教養は「左国史漢」的な教養であった。

これに対し、維新以後は西欧流の学問が中心となったので、教育もその方法に則ってきちんと行われた。ところが、その後の評価を見ると、維新以前の「左国史漢」的教養を身につけた人間たちは外国人に軽蔑されなかったのに対し、それ以後の人たちはあまり尊敬されていない。

この点について、明治の東京帝大で教鞭をとったケーベル先生は『ケーベル博士随筆集』（岩波文庫）でいいことを言っている。先生は、留学して少しばかり西欧流学問をしただけで偉そうな顔をしている東大の学者どもをコンテンパンにこきおろしているのである。反対に漢文学者の根本通明とか国文学の物集《もずめ》高見については本物のジェントルマンだとして非常に温かく書いている。お互いに言葉は通じなくとも、その態度や学問の雰囲気でジェントルマンと判断したのであろう。ケーベル先生自体、西欧の本格的な教養の伝統を汲んだ人であるから、本物は本物を知る、といったところであろうか。

西郷隆盛にしろ、乃木希典にしろ、根本通明と同じ系統の学問をやっているから、さらさらと漢詩を作ることもでき、また実際に立派な漢詩を残している。こういう人たちがいなくなるとともに、日本の軍人たちもどんどんスケールが小さくなり、外国からもあまり尊敬されなくなっていった。

では、〈文学部だけの教育〉のどこがよかったのか？　と言えば、それは「左国史漢」によって彼らが「古典学」を学んだことにある、と私は考えている。

古典学というのは、ギリシャでもローマでも、あまり複雑にならない前の簡潔な世界で出来上がったものを研究するのである。そこでは歴史も始めから終りまできっちりわかっており、すぐれた文明の本質的なところが述べられる。そして、英雄・豪傑も登場し、その人たちの行動と考えたことが簡単な言葉で述べられる。これはシナの古典にも共通することである。文明の東西を問わず、古典は哲学であり歴史であるとともに文学でもある。

換言すれば、哲学から人間学の諸相まですべてが含まれているのが古典学である。人間の善悪両面の可能性から諸々の局面における対応まで全部出ており、しかも、それが石に刻んでもいいくらいの簡潔な言葉で書かれているのが特徴である。

われわれが古典を読んで学ぶことは、歴史を歴史として読んで歴史の知識を得るのではなくて、その時の登場人物の〝人間としての感じ方〟まで覚えてしまうことである。さらに、その感じを表現する仕方まで学ぶのが古典学である。

日本の漢文教育の場合で言うと、シナの古典が簡単な言語表現をもっているから、容易に暗記できる。暗記して、それが常に頭にあるということは、古典で述べられた登場人物の感情の反応体系すべてが、学ぶ者のうちにもできているということになる。

たとえば、「項羽本紀」の項羽最期のところ。戦い敗れた項羽が江東での再起を勧められると、項羽が「江東の父兄、憐みて我を王たらしむとも、我、何の面目ありてかこれに見《まみ》えん。たとえ彼言わずとも、籍、独り心に愧《は》じざらんや」と言って自ら首を刎ねて死ぬ。

この個所を文章として暗記していると、そのうちに、世の中のありようはそういうものだ、というふうに感じてくる。そして、自分が同じようなシチュエーションに立ったときに指針的役割を果たすことになる。たとえば、乃木将軍が日露戦争から帰ってきたとき、次のような漢詩をつくった。

王師百万、驕虜《きょうろ》を征す、
野戦攻城、屍《しかばね》山を作《な》す、
愧《は》ず、我何の顔《かんばせ》あってか父老にまみえん、
凱歌の今日、幾人《いくたり》か還る。

百万の兵士を率いロシア軍と戦い、我が軍は屍の山を築いた。凱旋したとはいえ、未還の兵士の父兄に対し自分は合わせる顔がない――という意で、この詩のベースには旅順戦で多数の兵士を殺した乃木さんの断腸の思いがある。

乃木さんがこの漢詩をつくったとき、項羽最期のくだりを想い出していた、とは限らない。しかし、そういうシチュエーションではそういうふうに感じるという人間ができていたわけである。

前に述べた「古典教育は、精神のある種の型をつくる」というのは、このことである。しかも、この〝型〟は古典とされるだけに練りに練られたものである。したがって、古典を学ぶことは、極端に言えば、野蛮人を文明人に変えることになる。ゲルマンの森の中の蛮人がギリシャ、ローマの古典を読んでいるうちにドイツ人になり、イギリス人になり、フランス人になった。――これは古典を読み続けているうちに形成されてくるわけで、この作用力は恐ろしい。

また、古典にはシーザーもブルータスも、善も悪も入っている。だから古典を学ぶことによって人間を見る幅もでき、その人間自身を大きくするという効果も得られるわけである。

司馬遷の立場――登場人物一人一人に感情移入する

古典としての史記がどのようにできたのか。その成立の事情を知ることは史記を味読する上で大きな意義がある。そのための一番手っ取り早い方法として、私は中島敦の『李陵』を読むことを勧めたい。『李陵』にはこの間の事情が小説的に生き生きと書かれているからである。中島敦は司馬遷が史記を書いた経緯を李陵《りりよう》（司馬遷と同時代の漢の武将）という意外な線から描いてくれている。これを中島敦の漢文体の名文を引きながら紹介してみよう。

「漢の武帝の天漢二年秋九月、騎都尉《きとい》・李陵は歩卒五千を率い、辺塞遮虜鄣《しやりよしよう》を発して北へ向かった。阿爾泰《アルタイ》山脈の南東端が戈壁《ゴビ》沙漠《さばく》に没せんとする辺の磽确《こうかく》たる丘陵地帯を縫って北行すること三十日。朔風は戎衣《じゅうい》を吹いて寒く、いかにも万里孤軍来るの感が深い。……」

李陵は匈奴《きょうど》と戦って敗れて捕虜となった。それのみか、しばらくたって匈奴の軍師になっているとの噂が立つ。これに腹を立てた武帝は李陵の裁き方を群臣に諮った。武帝の取り巻き連中は、以前に李陵が寡兵で匈奴と戦って勝ったときは、こぞって李陵をほめたたえたのに、今度は武帝の意を慮って誰も李陵のために弁護しようとはしない。それどころか、「今の君主の意のほかに、なんの法律がありましょうぞ」とゴマをする始末である。しかし、ただ一人、苦々しい顔をしてこれらを見守っている男がいた。これが司馬遷であった。

司馬遷が帝の下問に答えて李陵を弁護する様子を再び『李陵』から引用する。

「陵の平生を見るに、親に事《つか》えて孝、士と交わって信、常に奮って身を顧みずもって国家の急に殉ずるは誠に国士のふうありというべく、今不幸にして事一度《たび》破れたが、身を全《まっと》うし妻子を保《やす》んずることをのみただ念願とする君側の佞人《ねいじん》ばらが、この陵の一失を取上げてこれを誇大歪曲し、もって上の聡明を蔽おうとしているのは、遺憾この上もない。そもそも陵の今回の軍《いくさ》たる、五千に満たぬ歩卒を率いて深く敵地に入り、匈奴数万の師を奔命に疲れしめ、転戦千里、……軍《いくさ》敗れたりとはいえ、その善戦のあとはまさに天下に顕彰するに足る。思うに、彼が死せずして虜に降ったというのも、ひそかに、かの地にあって、何事か漢に報いんと期してのことではあるまいか。……」

李陵の立場に立っての条理を尽くした弁護である。しかも己の命を賭けている。もともと司馬遷は李陵とそれほど親しい間柄ではなく、命を賭けてまで弁護するべき義理合いではなかった。それなのに敢えて立ち上がったのは、李陵の立場がわかるだけに、それを彼自身、無視できなかったのである。

その結果、司馬遷は武帝の怒りを買い、宮刑（去勢の刑）に処せられた。古代中国で最も恥辱的な刑罰である。しかし、それによる死にも勝る屈辱、ルサンチマン（怨み）が逆に司馬遷を駆り立て、史記に脈々たる人間の血を通わせることになった。登場人物すべての人を自分の筆で生かして見せて未来の人に読ませてやろうとしたのである。そのために、司馬遷は、登場人物すべての人の、それぞれの立場に立って史記の筆を走らせる。

かつて、李陵の弁護に命を賭すほどのファイトをもった司馬遷が、今度は歴史の登場人物一人一人に、あたかも李陵に感情移入したかの如くに感情移入する。

――もともと人間は誰しも、他人にはなかなかわかってもらえない部分で「本当はこうなんだぞ」と言いたい気持をいっぱいもっているものだ。そこを司馬遷は、その当人が言いたいであろうことを登場人物全員に代わって、後世のために申し開きしてやるのである。だから、どの人物にも脈々と血が流れ、史記の文章を読む者の血はフツフツと燃えてくる。――そのボルテージの高さ、血の熱さ。これが史記の最大の魅力である。

こうしてできた史記は、司馬遷自身のスケールの大きさ、才能の大きさもあって、比肩するものがないほどのものに仕上がった。プルタークの『英雄伝』、ギボンの『ローマ帝国衰亡史』と比べても、史記は何倍も優れている、と私は思う。

「本物の歴史家」プラス「人間に対する鋭い洞察力」

史記の魅力の第二は、詩的《ポエチック》であることだ。「史は詩なり」という言葉があるが、史記がまさにそうである。史記よりスケールは小さいが、「祇園精舎の鐘の声……」で始まる『平家物語』は全編が詩になっている。平家の場合も、その作者は、平家の公達《きんだち》の気持も、源氏の御曹司の気持もわかり、那須与一の気持もわかる人であったに違いない。そこに戦った人たちの心情がよくわかるように書かれていて、歴史文学の傑作である。その一方、歴史書としても各方面の戦闘が実にバランスよく書かれていて、この点、現今の歴史家も及ばないほどである。

このように、史記も『平家物語』も、歴史であると同時に文学となったのは、叙述者が歴史の全体像をつかんだうえで、登場人物の心を的確に理解し得たからであろう、と私は考えている。

最近は、歴史と歴史資料集を区別しないきらいがあるが、これは別々のものである。英語で言うと、古文書などを研究する人は antiquarian で、歴史家は historian である。

歴史の全体像を見て、全体に通ずるピカッとしたものを感じ取れる人が本物の歴史家である。その本物の歴史家が、さらに人間に対する鋭い洞察力をもち、感じ取ったものを的確かつ簡潔に表現できるなら——歴史は文学にならざるを得ない。

史記、『平家物語』がそうであり、マコーレーの『英国史』もそうである。

ところが、全体像を通ずるピカッとするものを感じ取りながら、それを表面に出さない歴史家もいる。現代歴史学の元祖・ランケがそれで、ランケは「史料をもって語らしむる」手法をとった。主観的にこうだ、と述べるスタイルをとらないで、尨大な『ローマ教皇史』を書いてみせたのである。といっても、入念に集めた尨大な史料を正確に検討し、その中から自分の意見に沿って史料を選択したのだから、主観が働いていないわけではない。その主観を表面に出さなかっただけのことである。

司馬遷の史記も、自分の意見を言わないで登場人物に語らせている点、本質的にはランケに近い。「虞や虞や、なんじをいかにせん」の項羽の言葉は、結局、司馬遷の言葉である。しかし、それを項羽に言わせることによって項羽のおどる姿を見せようとするのである。

ただし、史記の場合は、ランケと違って各人物伝の末尾に「太史公曰く」として司馬遷自身の短評を付している。ここで自分の主観を示しているわけだが、主観（コメント）と実際（本文）とは別ですよ、と示している点は「ランケ的」であると言えよう。

司馬遷の場合、ランケの実証主義と同じにみることはできない。しかし、方法論を越えて、さまざまな個人、さまざまな事実を縦横に取捨し、これを料理して、しかも生けるが如くに描出できれば、これが一番の実証となろう。

登場人物の名台詞——シェイクスピアよりも、より迫真的で必然性がある

史記の魅力の第三は、登場人物に名文句を吐かせていることである。名文句というのは古典の特徴の一つではあるが、史記では、それが特に優れている。

比較のために、シェイクスピアの『ジュリアス・シーザー』を見てみよう。この作品でシェイクスピアはアントニオやブルータスに見事な演説をさせることによって、両人を生けるが如くに描き出した。そのため、後世のわれわれは、シーザー殺害のところをシェイクスピアを通じてドラマチックに知っているわけである。ところが史記では、それが描くところのすべての歴史が、右のシーザー殺害の個所のようにドラマチカルかつ印象的に描き出されている、と言っても過言ではない。

しかも、シェイクスピアの名文句は、いわゆる芝居がかっている（芝居のために書かれているのだから当然だが）のに対し、史記の名文句は、より迫真的で必然性がある。それは、シェイクスピア作品が、初めからフィクションの立場をとり、遊びの要素があ

るのに対し、史記の方は、「これは本物だぞ」という立場にある——その気迫の違いによるものであろう。だから、調子は史記の方がはるかに高い。

さらに、司馬遷は当時、「自分は世界の文明の中心の正史を書いている」との意識があったに違いない。その意識の高さは、ギボンが『ローマ帝国衰亡史』を書いた意識より高い、と私は思う。

さて、シェイクスピアとの比較で、もう一つ言えることは、史記からみると、シェイクスピアは小さいということである。よく、「シェイクスピアは万《よろず》の精神をもっており、シェイクスピアの中には〝世界〟がある」と言われるけれど、すべてのことを反映したという意味で、史記の方が、はるかに大きい。

その人物に関する部分だけを見ても、王侯（本紀）、諸侯（世家）は無論のこと、特色ある個人（列伝）として、ホモ（佞幸列伝）から博徒（遊侠列伝）、金儲けの名人（貨殖列伝）まで、あらゆる種類の人間を取り上げている。しかも、それぞれに感情移入がゆきとどいていて偏見がなく、悪者を描いても断罪はしていない。

また、史記が、歴史を書きながらも、教訓臭や説教調がほとんどない点は注目すべきであろう。

吉川幸次郎先生が「中国ではフィクションが疎んぜられ、軽んぜられて、歴史が重んぜられる」とおっしゃっているが、私もこの説に賛成である。吉川先生は、その理由をおっしゃらないけれど、史記のようなものが出ると、小説などはあまりにも安っぽいものとなり、評価に耐えず、出る幕がなくなる感じである。その結果、中国では文学の主流が歴史であり、詩である、ということになった。作り話の小説や稗史の類は、ちょうど、江戸時代の武士から見た歌舞伎みたいなもので、とうてい文学とは見なされない。『紅楼夢』や『金瓶梅』が『源氏物語』より何百年か遅れてようやく出てきたということは、こうした文学土壌のせいとしか思われない。

「知」の輝き——非合理的で迷信くさいものを嫌う

最後に、司馬遷が非常に「知」の明らかな人で、迷信くさいものを嫌った点を指摘しておきたい。史記の中には神話・迷信の類がほとんど書かれていないのである。司馬遷の家は、代々、歴史の家だから、あらゆる史料が家に伝えられていたはずである。その中には建国神話みたいなものもいっぱいあったに違いない。しかし、司馬遷はそのような神代の非合理的な話が嫌いだったとみえて、日本でいえば『古事記』『日本書紀』にあるような神話はほとんど取り上げていない。殷の時代を書いても、神話らしきものはない。——これは、当時としてはたいへんな目覚めである。

この「非合理的で迷信くさいものを嫌う」司馬遷の姿勢には孔子に通ずるものがある、と言ってよい。孔子の「怪力乱神を語らず」というポリシーは、司馬遷のポリシーでもあるからだ。孔子は、怪力乱神はない、と言っているのではなく、あるかもしれないけれど、自分はそれに関心がない、だから自分が語ってもしようがない、という立場である。

元祖の孔子がこういう態度だから、以後の儒教の歴史には一貫して迷信を嫌う「知」の輝きが見られるのである。

ともかく、司馬遷のたいへんな知性によって、史記は啓蒙的とも思えるものに仕上がった。これはこれで、たいへん結構なことであるが、その半面、後世の学者や歴史家は神話・迷信の類を一切書けなくなってしまった。だから、司馬遷が、もっとおおらかな態度で、非合理的な神話や言い伝えを書いていてくれれば、後世もっと楽しくなっただろう、とは言えるわけである。その点、ちょっぴり残念であるが、一方、神話をそのまま書き移すような態度では、比類のないあの大文学は生まれてなかったことは確かである。■

渡部先生の著書。数冊抜けているが、次頁からの「著作リスト」と大体一致する。
「著作リスト」は発行年月日順だが、この書棚は五十音順になっている。

渡部昇一 著作リスト

本リストには単独で執筆された作品のほか、共著、対談、鼎談、翻訳等と一部特例を含め殆どすべての書籍を掲載する。ただし、多数の執筆者の中の一人として部分的に参加しているものは掲げていない。即ち、本書『わが書物愛的伝記』に収録された〝私の死亡記事〟は文藝春秋発行の同名の書籍に執筆者102名の中の一人として、また、〝人間学の古典「史記」の魅力〟は「人間学読本——史記　男はいかに生くべきか」（プレジデント社）に執筆の12名の中の一人として参加したものであるが、これらの書籍は本リストに含めていない。

記載の順序は発行順（西暦）となっている。タイトル欄の（　　）には主として副題を示す。

「元版/発展」欄の見方

同一本が複数点数発行されている場合、「元版/発展」欄を見ることにより、その変遷が分かるようになっている。リストの三件目の『「人間らしさ」の構造』を例にとると、

本書は産業能率短期大学出版部から72/11/20（1972年11月20日）に発行された。「元版/発展」欄では、この最初の書籍（元版）を★で示してある。

★に続く矢印→の後に後続版の発行を示す。77（1977年）に、講談社学術文庫に収録された。発行日欄の77年のところを探すと、学術文庫の『「人間らしさ」の構造』（77/5/10発行）があり、

その「元版/発展」欄を見ると、元版は72（1972年）発行の産業能率短期大学版であることが示されている。

学術文庫に続いて95（1995年）に、産能大学出版部から新装版として出版されている。

その次は2004年に、ワック社から書名を『生きがい』と変えて発行された。04/10/11。その「元版/発展」欄を見ると、元は、72（1972年）発行の『「人間らしさ」の構造』（産業能率短期大学出版部）であることが分かる。

その後は09（2009年）に、イースト・プレスからやはり書名を変えて『「自分の世界」をしっかり持ちなさい！』が出版された。(09/10/6)

（なお、各後続版の項目では変遷は示さず、[72産業能率短期大学出版部] のように、元版とその発行年のみを示す。書名が変わった場合は元版の書名も表示する。）

その他の注

「シリーズ/判型」欄で「B6」とあるのはB6判または四六判の単行本。両者の区別はしていない。
「共著（訳）者」欄では、「区分」欄が対話、鼎談の場合は相手の氏名が表示されている。

作成：株式会社　広瀬書院
作成日：平成24年（2012）3月27日

タイトル	発行所	発行日	シリーズ/判型	区分け	共著(訳)者	原作者	元版/発展
英文法史	研究社	65/12/25	B6				58学位論文（Münster: Max Kramer）"Studien zur Abhängigkeit der frühneuenglischen Grammatiken von den mittelalterlichen Lateingrammatiken"
眠りながら成功する/大島淳一	産業能率短期大学出版部	68/6/22	B6	翻訳		ジョセフ・マーフィー	★→8909（第２版）/0909知的生きかた文庫（上・下）
「人間らしさ」の構造	産業能率短期大学出版部	72/11/20	B6				★→77講談社学術文庫/95産能大・新装版/04ワック「生きがい」/09イーストプレス「自分の世界」をしっかり持ちなさい！
言語と民族の起源について	大修館書店	73/11/1	B6				
日本史から見た日本人（アイデンティティの日本史）	産業能率短期大学出版部	73/11/20	B6				★→89祥伝社「日本史から見た日本人・古代編」→00祥伝社黄金文庫
漱石と漢詩	英潮社	74/5/1	B6				★→77学術文庫「教養の伝統について」
日本語のこころ	講談社	74/10/28	現代新書				★→03WAC「渡部昇一の日本語のこころ」
文科の時代	文藝春秋	74/11/25	B6				★→78文春文庫/94PHP文庫
L. ケルナー/R. モリス（改装一刷）	南雲堂	74/12/5	A5（L. ケルナー部）	共著	原田茂夫		
ドイツ参謀本部	中央公論社	74/12/20	中公新書				★→86中公文庫//以降<クレスト選書>を新★とする。
ことばの発見	中央公論社	75/1/30	B6				
腐敗の時代	文藝春秋	75/5/25	B6				★→92PHP文庫
英語学史	大修館書店	75/11/1	A5 英語学大系13				
英語教育大論争	文藝春秋	75/11/15	B6	対談	平泉　渉		★→95文庫
知的生活の方法	講談社	76/4/20	現代新書				★→2009/1/20 第75刷¥720
日本文化を問いなおす（渡部昇一対談集）	講談社	76/5/25	B6	対談	山本七平ほか		

神話からの贈物	文藝春秋	76/6/5	B6				★→95PHP文庫「日本神話からの贈り物」
正義の時代	文藝春秋	77/2/20	B6				★→92PHP文庫
続・日本史から見た日本人	産業能率短期大学出版部	77/2/28	B6				★→89祥伝社「日本史から見た日本人・鎌倉編」→00祥伝社黄金文庫
秘術としての文法	大修館書店	77/5/1	B6				★→88講談社学術文庫
「人間らしさ」の構造	講談社	77/5/10	学術文庫				72産業能率短期大学出版部
知的風景の中の女性	主婦の友社	77/5/31	B6 TOMO選書				★→84講談社文庫/92学術文庫「いまを生きる心の技術」/04WAC「男は男らしく 女は女らしく」
英語の語源	講談社	77/6/20	現代新書				
知識・学識・常識	日本経済新聞社	77/6/20	B6	対談	竹内啓		
クオリティ・ライフの発想（ダチョウ型人間からワシ型人間へ）	講談社	77/6/24	B6		五章=対談・外山		★→82文庫
レトリックの時代	ダイヤモンド社	77/7/14	B6				★→83講談社学術文庫
渡部昇一対談集　さまざまな現代	文藝春秋	77/7/25	B6	対談	色川大吉ほか		
国語のイデオロギー	中央公論社	77/9/25	B6中公叢書				70G.K.チェスタトンの世界/76ことばと文化/76日本人の価値観
教養の伝統について	講談社	77/11/10	学術文庫				74英潮社「漱石と漢詩」
英語のなかの歴史	中央公論社	78/4/25	B6	共訳	土家典生	オウエン・バーフィールド	★→80文庫
文科の時代	文藝春秋	78/10/25	文春文庫				74単行本
歴史の読み方（明日を予見する「日本史の法則」）	祥伝社	79/3/15	新書 NON BOOK				★→91文庫、05日本史の法則
続・知的生活の方法	講談社	79/4/20	現代新書				
知的生活	講談社	79/5/22	A5	翻訳	下谷和幸	P. G. ハマトン	★→91学術文庫、94三笠B6
知的対応の時代	講談社	79/6/30	B6				★→83文庫

タイトル	発行所	発行日	シリーズ/判型	区分け	共著(訳)者	原作者	元版/発展
自分の時代（80年代・知的独立の生涯構想）	三笠書房	79/7/25	B6	翻訳		ウエイン・W・ダイアー	★→84文庫/90「どう生きるか自分の人生/96文庫「どう生きるか…/06「頭のいい人」はシンプルに生きる
新常識主義のすすめ	文藝春秋	79/9/15	B6				★→84文庫
読書連弾（★対面・対談の最初。Cf.「誰が国賊か」あとがき）	大修館書店	79/11/1	B6	対談	谷沢永一		★→90読書談義（81「読書有朋」と合本）
自分をつくる方法（対談集）（知的アドベンチャー12のデザイン）	サンケイ出版	80/4/20	B6	対談	長谷川恒男ほか		
英語の学び方	実業之日本社	80/4/25	B6	対談	松本道弘		★→87知的生きかた文庫/98ワニのNEW新書
マーフィーの100の成功法則　/大島淳一	産業能率大学出版部	80/6/30	B6	翻訳		ジョセフ・マーフィー	★→01知的生きかた文庫
英語のなかの歴史	中央公論社	80/8/10	中公文庫	共訳	土家典生	オウエン・バーフィールド	78単行本
眠りながら巨富を得る　/大島淳一（マーフィーの成功法則実践編）	産業能率大学出版部	80/8/20	B6	翻訳		ジョセフ・マーフィー	★→知的生きかた文庫
ドイツ留学記　上	講談社	80/10/20	現代新書				
人間　この未知なるもの	三笠書房	80/10/25	B6（発行者：竹内）	翻訳		アレキシス・カレル	★→86新装版/92文庫
日本 そして日本人（世界に比類なき「ドン百姓発想」の知恵）	祥伝社	80/10/30	新書 NON BOOK				★　→89THE PEASANT SOUL OF JAPAN（MACMILLAN）　/93文庫
ドイツ留学記　下	講談社	80/11/20	現代新書				
読書有朋	大修館書店	81/2/1	B6	対談	谷沢永一		★→90読書談義（79「読書連弾」と合本）
自分を創る（知的生きがいの人生構想）	三笠書房	81/4/10	B6	翻訳		ウエイン・W・ダイアー	★→83自分を創る（改定新版）/91文庫「もっと大きく、自分の人生」
知的人間関係	講談社	81/5/29	A5	翻訳	下谷和幸	P.G.ハマトン	★→93学術文庫
自分を生かす（流れを変える発想法）	青春出版社	81/6/1	B6				★→85新書版「知的人間の生きかた新常識」

物語 英文学史（ベオウルフからバージニア・ウルフまで）	大修館書店	81/7/1	B6	対談	ピーター・ミルワード		
読中独語	文藝春秋	81/8/25	B6				
指導力の研究（組織社会を勝ち抜く法）	PHP研究所	81/9/14	新書版ビジネスライブラリ				★→86文庫/06ワック「指導力の差」06B5図解版/2011「人を動かす」
言語という名の奇跡	大修館書店	81/11/1	B6	共訳	土家典生	リチャード・A・ウィルソン	
発想法（リソースフル人間のすすめ）	講談社	81/11/20	現代新書				★→08PHP研究所
人生の考察	三笠書房	81/11/25	B6	翻訳		アレキシス・カレル	
世紀末を生きる知恵	サンケイ出版	82/1/25	B6	対談	木村尚三郎		
知的生活（本文=英文）	研究社	82/3/20	小英文叢書	注釈	下谷和幸	P. G. ハマトン	
知的人間関係（本文=英文）	研究社	82/3/20	小英文叢書	注釈	下谷和幸	P. G. ハマトン	
ことば・文化・教育（アングロ・サクソン文明の周辺）	大修館書店	82/7/3	B6				
自分の時間	三笠書房	82/7/10	B6	翻訳		アーノルド・ベネット	★→90文庫
クオリティ・ライフの発想（ダチョウ型人間からワシ型人間へ）	講談社	82/7/15	講談社文庫		五章=対談・外山		77単行本
自分を鍛える	三笠書房	82/11/25	B6	翻訳		ジョン・トッド	★→85文庫/00新装版/02文庫新訂/1109「ジョン・トッドの20代で読む人生に必要なこと」
知的対応の時代	講談社	83/2/15	講談社文庫				79単行本
日本不倒翁の発想（松下幸之助全研究）	学習研究社	83/4/1	B6				★→89松下幸之助の発想/00PHP文庫「現代講談 松下幸之助」2012致知出版「松下幸之助 成功の秘伝75」
自分を最高に生きる（賢明なる生き方の書）	三笠書房	83/4/15	B6	翻訳		アーノルド・ベネット	★→86知的生きかた文庫/93改題再編集「自己を最高に生かす!」

タイトル	発行所	発行日	シリーズ/判型	区分け	共著(訳)者	原作者	元版/発展
英語の歴史	大修館書店	83/6/20	スタンダード英語講座3				
古語俗解	文藝春秋	83/6/25	B6				
レトリックの時代	講談社	83/7/10	学術文庫				77ダイヤモンド社
自分を考える（生き方をさらに充実させる智恵）	三笠書房	83/9/30	B6	翻訳		ジョン・ラボック	
自分を創る（改定新版）（「無限界人間」の発想法）	三笠書房	83/10/5	B6	翻訳		ウエイン・W・ダイアー	81自分を創る
国際ライブラリアンの半生	講談社	84/1/10	B6	翻訳	田宮正晴	ヘルマン・リバース	
日本発見（渡部昇一対談集）	講談社	84/2/10	B6	対談	塩野七生ほか		
クラース（イギリス人の階級）	サンケイ出版	84/4/21	B6	翻訳			
「自分脳」で生きる（脳資源を完全に使いこなす自分編）	三笠書房	84/4/30	B6	翻訳		アーノルド・ベネット	
知的風景の中の女性	講談社	84/5/15	講談社文庫				77単行本
新常識主義のすすめ	文藝春秋	84/5/25	文春文庫				79単行本
論文・レポートの書き方	大修館書店	84/10/15	A5ｽﾀﾝﾀﾞｰﾄﾞ英語講座8	共著	安西徹雄・舟川一彦		
自分の時代（知的独立の生涯構想）	三笠書房	84/11/10	知的生きかた文庫	翻訳		ウエイン・W・ダイアー	79単行本
いいたい放題三ピン鼎談（日本の常識・世界の非常識）	太陽企画出版	84/12/5	B6	鼎談	竹村健一・堺屋太一		
自分のための人生（いま、賢明に生きていますか）	三笠書房	84/12/10	知的生きかた文庫	翻訳		ウエイン・W・ダイアー	★→92 B6/ 96新書版HC/01 B6/ 07「自分の価値」を高める力
自分を言えない人の自己主張の本（頭を使わなきゃ損をする）	青春出版社	85/2/5	新書PLAYBOOKS				★→01「報われる努力 無駄になる努力」/06文庫「人生を「知的」に生きる方法」
自分を鍛える（人生の実学を学ぶ）	三笠書房	85/2/10	知的生きかた文庫	翻訳		ジョン・トッド	82単行本
知的人間の生きかた新常識	青春出版社	85/3/1	新書版				81自分を生かす

萬犬虚に吠える	文藝春秋	85/3/1	B6				★→94PHP文庫/97徳間文庫
いま、なぜ文化の時代か	講談社	85/5/29	B6	共著	村松友視、山口洋子、栗本慎一郎		
英語論文の書き方ハンドブック	南雲堂	85/6/5	B6	共訳	永盛一	メアリ=クレア・ヴァンルーネン	
教育改革はミニ・スクールで	文藝春秋	85/10/15	B6				
自分を最高に生きる	三笠書房	86/1/10	知的生きかた文庫	翻訳		アーノルド・ベネット	83単行本
指導力の研究	PHP研究所	86/2/17	PHP文庫				81新書版
レトリックと人生（あとがき=渡部）	大修館書店	86/3/1	B6	翻訳	楠瀬淳三　下谷和幸	G・レイコフ、M・ジョンソン	
「怪しげな時代」の思想	PHP研究所	86/3/6	B6				★→89文庫
世間の裏をこうして読む（三ピン鼎談）	太陽企画出版	86/5/10	B6	鼎談	竹村健一・堺屋太一		
ドイツ参謀本部	中央公論社	86/9/25	中公文庫				74中公新書
人間　この未知なるもの　新装版	三笠書房	86/11/10	B6（発行者：押鐘）	翻訳		アレキシス・カレル	80単行本
ハマトンの幸福論	講談社	87/1/20	A5	翻訳	下谷和幸	P. G. ハマトン	
アングロサクソンと日本人	新潮社	87/2/25	B6				
強い会社の社是・社訓を読む（まえがき）	廣済堂出版	87/4/15	B6	編			
英語の学び方（あなたの英語力を高めるために）	三笠書房	87/9/25	知的生きかた文庫	対談	松本道弘		80実業之日本社
競争の原理	竹井出版	87/10/31	B6	対談	堺屋太一		★→96致知出版
世の中もっとよくなるはずだ	太陽企画出版	87/11/6	B6	鼎談	竹村健一・堺屋太一		
秘術としての文法	講談社	88/1/10	学術文庫				77大修館書店

タイトル	発行所	発行日	シリーズ/判型	区分け	共著(訳)者	原作者	元版/発展
「怪しげな時代」の思想	PHP研究所	89/3/15	PHP文庫				86単行本
随筆家列伝	文藝春秋	89/4/30	B6				
英語語源の素描	大修館書店	89/5/1	B6				
日本史から見た日本人・古代編	祥伝社	89/5/10	B6				73「日本史から見た日本人」(能率短大)
日本史から見た日本人・鎌倉編	祥伝社	89/5/10	B6				77「続・日本史から見た日本人」(能率短大)
日本史から見た日本人・昭和編	祥伝社	89/5/20	B6				★→00祥伝社黄金文庫
「日本の世紀」の読み方	PHP研究所	89/6/1	B6				
松下幸之助の発想	学習研究社	89/7/15	B6				83「日本不倒翁の発想」
眠りながら成功する(第2版) /大島淳一(自己暗示と潜在意識の活用)	産能大学出版部	89/8/30	B6	翻訳		ジョセフ・マーフィー	68産業能率短期大学出版部
THE PEASANT SOUL OF JAPAN	MACMILLAN PRESS	89/10/15	A5変形(英文)				80「日本そして日本人」(祥伝社NON BOOK)
現代流行本解体新書(ベストセラーの本当の読み方)	PHP研究所	89/11/6	B6	対談	谷沢永一		
イギリス国学史	研究社	90/1/25	B6				
自分の時間	三笠書房	90/2/10	知的生きかた文庫	翻訳		アーノルド・ベネット	82単行本
平成日本の行方を読む	太陽企画出版	90/3/10	B6	鼎談	竹村健一、堺屋太一		
読書談義(=連弾+有朋)	大修館書店	90/4/20	B6	対談	谷沢永一		79読書連弾+81読書有朋
自分の能力を"持ち腐れ"にするな!(一生をベストに生きる習慣の力)	三笠書房	90/4/20	B6	翻訳		アーノルド・ベネット	
それでも「NO」と言える日本(日米間の根本問題)	光文社	90/5/30	新書版HC	共著	石原慎太郎 小川和久		
日本史の真髄 1 古代・貴族社会篇(頼山陽の「日本楽府」を読む)	PHP研究所	90/6/8	B6				★→96文庫「甦る日本史 1」/06「渡部昇一の古代史入門」

文明の余韻（渡部昇一エッセイ集）（アングロ・サクソン文明ノート）	大修館書店	90/6/15	B6				
どう生きるか 自分の人生（…絶対後悔しない“最善の生き方”…）	三笠書房	90/6/25	B6	翻訳		ウエイン・W・ダイアー	79自分の時代
日はまだ昇る（日本経済「不沈」の秘密）	祥伝社	90/6/25	新書 NON BOOK				
小さな自分で一生を終わるな！	三笠書房	90/12/25	B6	翻訳		ウエイン・W・ダイアー	★→98文庫/08B6改訂新版
歴史の読み方（明日を予見する「日本史の法則」）	祥伝社	91/2/20	祥伝社文庫				79NON BOOK
もっと大きく、自分の人生（努力を重ねて最高の人生を築け）	三笠書房	91/4/10	知的生きかた文庫	翻訳		ウエイン・W・ダイアー	81自分を創る
知的生活	講談社	91/9/10	学術文庫	翻訳	下谷和幸	P. G. ハマトン	79講談社A5
危ない時代にチャンスがある	青春出版社	91/9/10	B6				
日本の繁栄は、揺るがない	PHP研究所	91/9/27	B6				
正義の時代	PHP研究所	92/2/17	PHP文庫				77文藝春秋
歴史の終わり　上	三笠書房	92/3/10	B6	翻訳		フランシス・フクヤマ	★→9212文庫
歴史の終わり　下	三笠書房	92/3/10	B6	翻訳		フランシス・フクヤマ	★→9212文庫
人間　この未知なるもの	三笠書房	92/5/10	知的生きかた文庫	翻訳		アレキシス・カレル	80単行本
自分のための人生	三笠書房	92/5/20	B6	翻訳			84文庫
日本史の真髄 2 中世・武家篇（頼山陽の「日本楽府」を読む）	PHP研究所	92/8/7	B6				★→96文庫「甦る日本史 2」/07「渡部昇一の中世史入門
いまを生きる心の技術（知的風景の中の女性）	講談社	92/11/10	講談社学術文庫				77主婦の友「知的風景の中の女性」
かくて歴史は始まる（逆説の国・日本の文明が地球を包む）	クレスト社	92/11/10	B6				★→99知的生きかた文庫/03ワック「渡部昇一の日本史快読！/10イースト「日本、そして日本人の「夢」と矜持

タイトル	発行所	発行日	シリーズ/判型	区分け	共著(訳)者	原作者	元版/発展
歴史の終わり　上（歴史の「終点」に立つ最後の人間）	三笠書房	92/12/10	知的生きかた文庫	翻訳		フランシス・フクヤマ	9203単行本（上）1-1～2-4
歴史の終わり　中（歴史を前進させる巨大なエネルギー）	三笠書房	92/12/10	知的生きかた文庫	翻訳		フランシス・フクヤマ	9203単行本（上）2-5～（下）4-1
歴史の終わり　下（「歴史の終わり」の後の新しい歴史の始まり）	三笠書房	92/12/10	知的生きかた文庫	翻訳		フランシス・フクヤマ	9203単行本（下）4-2～5-5
腐敗の時代	PHP研究所	92/12/15	PHP文庫				75文藝春秋
日本 そして日本人（世界に比類なき「ドン百姓発想」の知恵）	祥伝社	93/3/1	祥伝社文庫				80NON BOOK
逆説の時代（「日本」なくして未来なし）	PHP研究所	93/3/26	B6				★→文庫
日本の驕慢（オゴリ）・韓国の傲慢（タカブリ）	徳間書店	93/3/31	新書版	対談	呉　善花		
知的人間関係	講談社	93/4/10	学術文庫	翻訳	下谷和幸	P. G. ハマトン	79講談社A5
自分の中に奇跡を起こす!（いかにして自信と富を得るか）	三笠書房	93/4/10	B6	翻訳		ウエイン・W・ダイアー	★→97文庫
自己を最高に生かす!（もっと自分の「欲望」に正直に生きていい）	三笠書房	93/6/10	B6	翻訳		アーノルド・ベネット	83「自分を最高に生きる」
自ら国を潰すのか（「平成の改革」その盲点を衝く）	徳間書店	93/7/31	新書版HC	対談	小室直樹		
歴史の鉄則（税金が国家の盛衰を決める）	PHP研究所	93/9/30	B6				★→96文庫/05ワック「税高くして国滅ぶ」/12ワック「税高くして民滅び、国亡ぶ」
なにげないことが大切なこと（ビジネスマンの座標軸）	経済界	93/12/29	B6	翻訳		ジョン・コーワン	
ビジネスマンが読んでおくべき101冊の本	三笠書房	94/1/10	知的生きかた文庫	監修			★→96「ビジネスマンが読んでおくべき110冊の本」/02「ビジネスマン 最強100冊」
ラストチャンス（この国を滅ぼしていいのか）	扶桑社	94/1/10	B6	共著	濤川栄太		
人間における運の研究（幸福の女神はこんな人に微笑む）	致知出版社	94/1/17	活学叢書・新書版	対談	米長邦雄		

田中真紀子総理大臣待望論（「オカルト史観」で政治を読む）	PHP研究所	94/2/14	B6				★→95文庫
人間の運命（この「知的なるもの」の進化と新しい歴史の始まり）	三笠書房	94/2/28	B6	翻訳		ルコント・デュ・ヌイ	
知的生活	三笠書房	94/3/31	B6	翻訳	下谷和幸	P. G. ハマトン	79講談社A5
萬犬虚に吠える（角栄裁判と教科書問題の誤謬を糺す）（一編追加）	PHP研究所	94/4/15	PHP文庫				85文藝春秋＋一篇
日本史の真髄 3 戦国・織豊時代篇（頼山陽の「日本楽府」を読む）	PHP研究所	94/4/15	B6				★→96文庫「甦る日本史 3」/08「渡部昇一の戦国史入門
文科の時代	PHP研究所	94/4/15	PHP文庫				74文藝春秋単行本
日本人の決算書	太陽企画出版	94/5/10	B6	鼎談	竹村健一、日下公人		
本物の世紀（第一章 パラダイムの変わる時、第四章 鼎談）	PHP研究所	94/7/8	B6	共著	船井幸雄 比嘉照夫		
混迷日本を糺す事典	日本実業出版社	94/7/10	B6				
“弱気な自分”を打ち破れ！（有能な自分をひきだす本）	三笠書房	94/8/10	B6	翻訳		ウエイン・W・ダイアー	
アジア共円圏の時代（さらばアメリカ）	PHP研究所	94/9/21	B6小	共著	邱永漢		
“勝ちぐせ”をつけるクスリ（自分の中に奇跡を起こす「ダイヤー哲学」）	三笠書房	94/11/10	新書版HC	翻訳		ウエイン・W・ダイアー	★→98知的生きかた文庫
アメリカの“皆の衆”に告ぐ（日米関係なにが不均衡なのか）	致知出版社	94/11/25	新書版	対談	唐津 一		
盛衰の岐路（政治に日本を潰させてよいか）	PHP研究所	95/1/5	B6小	対談	長谷川慶太郎		
日本神話からの贈り物（「古事記」「日本書紀」に見る日本人の美意識とタブー）	PHP研究所	95/1/19	PHP文庫				76文藝春秋「神話からの贈物」
自分が栄える人生（“楽な生き方・考え方”を選ぶな！）	三笠書房	95/1/31	B6	翻訳		フィリップ・チェスターフィールド	
かくて昭和史は甦る（人種差別の世界を叩き潰した日本）	クレスト社	95/5/15	B6 クレスト選書				★→03ワック「渡部昇一の昭和史」/08ワック「渡部昇一の昭和史（正）」

タイトル	発行所	発行日	シリーズ/判型	区分け	共著(訳)者	原作者	元版/発展
「人間らしさ」の構造 新装版	産能大学出版部	95/5/29	B6				72産業能率短期大学出版部
田中真紀子総理大臣待望論（「オカルト史観」で政治を読む）	PHP研究所	95/6/15	PHP文庫				94単行本
いじめと妬み（戦後民主主義の落とし子）	PHP研究所	95/7/6	B6	対談	土居健郎		★→97文庫/08新書「いじめ」の構造
日本新生（「本物」が21世紀を築く）	PHP研究所	95/7/27	B6	共著	船井幸雄		
国を愛するがゆえに異論あり	太陽企画出版	95/8/8	B6	対談	竹村健一、日下公人		
英語教育大論争	文藝春秋	95/8/10	文春文庫	対談	平泉　渉		75単行本
G・K・チェスタトン著作集<評伝篇> 1 チョーサー	春秋社	95/8/30	B6	共訳	福士直子	G.K.チェスタトン	
封印の昭和史（「戦後50年」自虐の終焉）	徳間書店	95/8/31	B6	対談	小室直樹		
微生物が文明を救う（大地を蘇生させるEMの奇蹟）	クレスト社	95/12/22	B6	対談	比嘉照夫		
どう生きるか 自分の人生（今日を後悔しない生き方）	三笠書房	96/1/10	知的生きかた文庫	翻訳		ウエイン・W・ダイアー	79自分の時代
渡部昇一の「国益原論」入門	徳間書店	96/1/31	B6				
自分を掘り起こす生き方	三笠書房	96/1/31	B6	翻訳		ウエイン・W・ダイアー	
歴史の鉄則	PHP研究所	96/2/15	PHP文庫				93単行本
人生を楽しむコツ	PHP研究所	96/3/7	新書版HC	対談	谷沢永一		★→98文庫
自分のための人生（いま、賢明に生きていますか）	三笠書房	96/3/20	新書版HC	翻訳		ウエイン・W・ダイアー	84文庫
渡部昇一の人生観・歴史観を高める事典	PHP研究所	96/4/4	B6				★→07新書版「わたしの人生観歴史観」
積極的考え方のことば（自分を信じ、人を動かす金言）	PHP研究所	96/5/2	B6変型	翻訳		ノーマン・V・ピール	
ビジネスマンが読んでおくべき110冊の本	三笠書房	96/5/10	知的生きかた文庫	監修			94「ビジネスマンが読んでおくべき101冊の本」

常勝集団をつくる！（第一章 勝つためのリーダーシップ）	中経出版	96/5/30	B6	共著	船井幸雄　佐藤芳直		
日本人の本能（歴史の「刷り込み」について）	PHP研究所	96/5/30	B6				★→98文庫
誰が国賊か（今、「エリートの罪」を裁くとき）	クレスト社	96/6/22	B6	対談	谷沢永一		★→00文春文庫
甦る日本史 1 古代・貴族社会篇（頼山陽の「日本楽府」を読む）	PHP研究所	96/7/15	PHP文庫				90「日本史の真髄」1
今日一日、「自分の人生」の楽しみ方	三笠書房	96/7/31	新書版HC	翻訳		アラン・エプスタイン	★→99文庫「今日から奇跡が起こる120の法則」
韓国の激情・日本の無情（日韓反目の壁を超えて）	徳間書店	96/7/31	新書版	対談	呉　善花		
甦る日本史 2 中世・武家篇（頼山陽の「日本楽府」を読む）	PHP研究所	96/8/15	PHP文庫				92「日本史の真髄」2
甦る日本史 3 戦国・織豊時代篇（頼山陽の「日本楽府」を読む）	PHP研究所	96/9/17	PHP文庫				94「日本史の真髄」3
神々の風景と日本人のこころ（自然とは、言葉とは、母子の絆とは）	PHP研究所	96/9/19	B6（エンゼル叢書1）	共著	山折哲雄、Kシャナイダーほか		
競争の原理（新装版）	致知出版社	96/9/25	新書版HC	対談	堺屋太一		87竹井出版
あえて直言する（21世紀の日本建設へ向けて）	太陽企画出版	96/10/15	B6	鼎談	竹村健一、日下公人		
国益の立場から	徳間書店	96/10/31	B6				
「南洲翁遺訓」を読む	致知出版社	96/11/30	B6				
英文法を撫でる	PHP研究所	96/12/5	ＰＨＰ新書				
自分の中に奇跡を起こす!（いかにして自信と富を得るか）	三笠書房	97/2/10	知的生きかた文庫	翻訳		ウエイン・W・ダイアー	93単行本
自分を生きる10の訓え	三笠書房	97/3/15	新書版	翻訳		アラン・エプスタイン	
賢者は歴史に学ぶ（日本が「尊敬される国」となるために）	クレスト社	97/3/18	B6	対談	岡崎久彦		★→02ワック「尊敬される国民 品格ある国家」

タイトル	発行所	発行日	シリーズ/判型	区分け	共著(訳)者	原作者	元版/発展
人生は論語に窮まる	PHP研究所	97/3/27	B6	対談	谷沢永一		★→00文庫→12ワック「いま、論語を学ぶ」
勝つ生き方、負ける生き方	騎虎書房	97/5/20	B6				
あなたはこうして成功する（新装版） /大島淳一	産能大学出版部	97/5/30	B6				68産業能率短期大学出版部
こんな「歴史」に誰がした（日本史教科書を総点検する）	クレスト社	97/8/1	B6	対談	谷沢永一		★→文春文庫
ドイツ参謀本部（中公版を絶版とする。「なぜ、新版か」と付録が追加さる）	クレスト社	97/8/1	B6 クレスト選書				<74中公新書>　新★→02祥伝社/09祥伝社新書→ワック
渡部昇一の新憂国論	徳間書店	97/8/31	B6				
人生行路は人間学	PHP研究所	97/10/3	新書版	対談	谷沢永一		
いじめと妬み（戦後民主主義の落とし子）	PHP研究所	97/10/15	PHP文庫	対談	土居健郎		95単行本
人生、報われる生き方（幸田露伴「努力論」を読む）	三笠書房	97/11/15	B6				★→01文庫「運が味方につく人、つかない人」/07小さな努力で大きく報われる方法
ヒルティに学ぶ心術（渡部昇一的生き方）	致知出版社	97/11/25	B6				★→05できる人になる生き方の習慣
拝啓 韓国、中国、ロシア、アメリカ合衆国殿（日本に「戦争責任」なし）	光文社	97/11/25	新書版	対談	谷沢永一		
萬犬虚に吠える（PHP文庫に準じる）	徳間書店	97/12/15	徳間文庫				85文藝春秋 + 一篇
人生を楽しむコツ	PHP研究所	98/1/19	PHP文庫	対談	谷沢永一		96新書版HC
「聖書」で人生修養	致知出版社	98/1/20	B6	対談	谷沢永一		
誇りなくば国立たず（危機を克服するヒント）	太陽企画出版	98/2/12	B6	鼎談	竹村健一、日下公人		
知的生活・楽しみのヒント	PHP研究所	98/3/26	新書版	対談	林　望		
「内なる幸福」を求めて（良きｵｶﾙﾄ･良き自由時間の本質）	PHP研究所	98/4/23	B6	対談	松田義幸		
人生に活かす孟子の論法	PHP研究所	98/5/6	B6	対談	谷沢永一		
小さな自分で一生を終わるな！	三笠書房	98/5/10	知的生きかた文庫	翻訳		ウエイン・W・ダイアー	90単行本

まさしく歴史は繰りかえす	クレスト社	98/5/15	B6				
逆説の時代（気概を忘れた日本人）	PHP研究所	98/5/15	PHP文庫				93単行本
日本人の気概（誇りある生き方を取り戻せ）	PHP研究所	98/5/21	B6				
英語の学び方	KKベストセラーズ	98/9/5	ワニのNEW新書	対談	松本道弘		80実業之日本社
自分の壁を破る人 破れない人（「生きる」にもちょっとした技術が要る）	三笠書房	98/9/20	B6				★→02文庫/08「自分の品格」/10文庫
国を想う智恵 我を想う智恵（気概を育てる珠玉のことば）	PHP研究所	98/10/2	新書版ﾋﾞﾆﾙ装				
日本人の本能（歴史の「刷り込み」について）	PHP研究所	98/10/15	PHP文庫				96単行本
日本はこれから良くなる（ｱﾒﾘｶ…日本に勝てない理由）	徳間書店	98/10/31	B6	鼎談	船井幸雄、増田俊男		
歴史が教える人間通の急所（第二章が新、他は各誌）	潮出版社	98/11/5	B6 潮ﾗｲﾌﾞﾗﾘｰ	対談	谷沢永一		
“勝ちぐせ”をつけるクスリ	三笠書房	98/11/10	知的生きかた文庫	翻訳		ウエイン・W・ダイアー	94新書版HC
国思う　故にわれあり	徳間書店	98/11/30	B6				
得する生き方損する生き方（幸田露伴「修省論」を読む）	三笠書房	99/1/10	B6				
ハイエク—マルクス主義を殺した哲人	PHP研究所	99/2/12	B6				
日本人の敵	PHP研究所	99/4/2	B6	対談	テリー伊藤		
眠りながら巨富を得る/大島淳一	三笠書房	99/4/10	知的生きかた文庫	翻訳		ジョセフ・マーフィー	80産業能率大学出版部
ものを考える人考えない人（新・知的生活の方法）	三笠書房	99/4/25	B6				★→07「ものを考える人」/09文庫「すごく頭のいい人の生活術」
日本は二十一世紀の勝者たりえるか（こうすればこの国はよくなる）	太陽企画出版	99/5/28	B6	鼎談	竹村健一、日下公人		
起て！ 日本 日本を救う八つの提言	高木書房	99/6/14		対談	加藤英明		

タイトル	発行所	発行日	シリーズ/判型	区分け	共著(訳)者	原作者	元版/発展
日本の生き筋	致知出版社	99/7/5	B6				
かくて歴史は始まる（これまでの500年、これからの500年）	三笠書房	99/7/10	知的生きかた文庫				92クレスト社
対論「所得税一律革命」	光文社	99/7/30	新書版HC	共著	加藤寛		
今日から奇跡が起こる120の法則	三笠書房	99/10/10	知的生きかた文庫	翻訳		アラン・エプスタイン	96「今日一日、「自分の人生」の楽しみ方」
読書有訓（私を育てた古今の名著）	致知出版社	99/10/15	B6				
努力しだいで知性は磨かれる	PHP研究所	99/12/8	B6	アンソロジー			著書26冊から箴言的なものを鷲田小弥太氏が抜粋
知的生活を求めて	講談社	00/1/11	B6				
人生は論語に窮まる	PHP研究所	00/1/19	PHP文庫	対談	谷沢永一		97単行本
チャーチルの強運に学ぶ	PHP研究所	00/1/25	B6				
こんな「歴史」に誰がした（日本史教科書を総点検する）	文藝春秋	00/2/10	文春文庫	対談	谷沢永一		98クレスト社
自分を鍛える（新装版）	三笠書房	00/2/20	新書版HC	翻訳		ジョン・トッド	82単行本
日本史から見た日本人・昭和編	祥伝社	00/2/25	黄金文庫				89単行本
昇る国 沈む国	徳間書店	00/2/29	B6				
後悔しない人生	PHP研究所	00/3/6	B6				★→07「人生の出発点は低いほどよい」
財運はこうしてつかめ（本多静六 開運と蓄財の秘訣）	致知出版社	00/3/15	B6				★→04新装普及版
日本人と中国人 どっちが残酷で狡猾か（乱世は論語に学べ）	徳間書店	00/3/31	B6	対談	孔健		
孫子 勝つために何をすべきか	PHP研究所	00/4/4	B6	対談	谷沢永一		
日本史から見た日本人・古代編	祥伝社	00/4/20	黄金文庫				73「日本史から見た日本人」(能率短大)
人の上に立つ人になれ	三笠書房	00/5/10	B6				★→03文庫「一流の人」になる法則
誰が国賊か（今、「エリートの罪」を裁くとき）	文藝春秋	00/6/10	文春文庫	対談	谷沢永一		96クレスト社

何が一番効果的か（マキャヴェリの「指導者」絶対法則）	三笠書房	00/6/15	B6	翻訳		M.A.レディーン	
現代講談 松下幸之助（その発想と思想に学ぶ）	PHP研究所	00/6/15	PHP文庫				83学習研究社「日本不倒翁の発想」
知性としての精神（プラトンの現代的意義を探る）	PHP研究所	00/6/22	B6（エンゼル叢書4）	共著	稲垣良典、高橋巌ほか		
国を売る人々（日本を不幸にしているのは誰か）	PHP研究所	00/7/5	B6	鼎談	林道義　八木秀次		
何が日本をおかしくしたのか（東京裁判、憲法、平等主義）	講談社	00/7/17	B6				
日本史から見た日本人・鎌倉編	祥伝社	00/7/25	黄金文庫				77「続・日本史から見た日本人」（能率短大）
僕らはそう考えない（混迷の日本を診断する）	太陽企画出版	00/7/31	B6	鼎談	日下公人、竹村健一		
「最高の自分」をつくる秘訣	PHP研究所	00/8/4	B6	アンソロジー			著書38冊から箴言的なものを小林英史氏が抜粋
これで日本の教育は救われる（私の教育進化論）	海竜社	00/9/19	B6				
国のつくり方（明治維新人物学）	致知出版社	00/9/30	B6	対談	岡崎久彦		★→05「明治の教訓・日本の気骨」
広辞苑の嘘	光文社	00/10/30	新書変型	対談	谷沢永一		
BIBLIOTHECA PHILOLOGICA WATANABEIENSIS	雄松堂出版	01/1/1	A3（英文）				（注：洋書関係の蔵書目録）
そろそろ憲法を変えてみようか	致知出版社	01/1/12	B6	対談	小林節		
父は子に何ができるか（われらが体験的教育論）	PHP研究所	01/1/31	新書版	対談	尾山太郎		
新世紀への英知（われわれは、何を考え何をなすべきか）	祥伝社	01/2/15	B6	鼎談	谷沢永一、小室直樹		
自分のための人生（〝自分の考え〟はどこへいった）	三笠書房	01/3/10	B6小 新装	翻訳		ウエイン・W・ダイアー	84文庫
東洋の智恵は長寿の智恵（反医学的健康法のススメ）	PHP研究所	01/3/12	B6	対談	石原結實		★→06文庫「病気にならない生活のすすめ」

タイトル	発行所	発行日	シリーズ/判型	区分け	共著(訳)者	原作者	元版/発展
痛快! 知的生活のすすめ	ビジネス社	01/3/22	B6	対談	和田秀樹		
渡部昇一の「国益」論	徳間書店	01/3/31	B6				
報われる努力　無駄になる努力	青春出版社	01/4/10	B6				85新書「自分を言えない人の自己主張の本」
マーフィーの100の成功法則　/大島淳一	三笠書房	01/5/10	知的生き方文庫	翻訳		ジョセフ・マーフィー	80産業能率大
歴史に学ぶリーダーシップ	致知出版社	01/5/28	B6				
渡部昇一　小論集成（上下２冊）	大修館書店	01/7/20	A5 全２冊				（初出刊行物は多数にのぼる）
フィロロギア（渡部昇一先生古稀記念論文集 －土家ほか）	大修館書店	01/7/20	A5	＊	＊執筆者41名、本人は無し		
「日本が考える」ヒント（新世紀日本の未来）	ぎょうせい	01/7/25	B6				
講談　英語の歴史	PHP研究所	01/7/27	PHP新書				
封印の近現代史	ビジネス社	01/8/7	B6	対談	谷沢永一		
「勝ちぐせ」人生を生きろ！（一流人に学ぶ「自分の壁」攻略法）	三笠書房	01/9/20	B6				
知の愉しみ知の力	致知出版社	01/10/3	B6	対談	白川　静		
聖書の言葉・詩歌の言葉（なぜ人々の心に響くのか？）	PHP研究所	01/10/3	B6（エンゼル叢書5）	共著	岡野弘彦、ヤンコウスキーほか		
禁忌破りの近現代史	ビジネス社	01/10/4	B6	対談	谷沢永一		
運が味方につく人、つかない人（幸田露伴「努力論」を読む）	三笠書房	01/10/10	知的生きかた文庫				97「人生、報われる生き方」
不平等主義のすすめ（二十世紀の呪縛を超えて）	PHP研究所	01/10/15	B6				
国民の教育	産経新聞ニュースサービス	01/11/10	A5				★→04文庫
誇りなき国は滅ぶ（歴史に学ぶ国家盛衰の原理）	致知出版社	01/12/10	B6	対談	中西輝政		

僕らが考える「日本問題」（激動の世界で復活は可能か）	太陽企画出版	02/1/22	B6	鼎談	竹村健一、日下公人		
自国の歴史に対する誇り	国民会館	02/1/23	A5 国民会館叢書	講演			
三国志 人間通になるための極意書に学ぶ	致知出版社	02/2/5	B6	対談	谷沢永一		
自分の壁を破る人 破れない人	三笠書房	02/2/10	知的生きかた文庫				98単行本
自分を鍛える（文庫改訂新版）（人生の実学を学ぶ）	三笠書房	02/3/10	知的生きかた文庫	翻訳		ジョン・トッド	82単行本
日本を変えよう（21世紀日本の戦略・戦術）	致知出版社	02/3/29	B6				
新世紀の国益論	徳間書店	02/3/31	B6				
名将言行録　乱世を生き抜く知恵	PHP研究所	02/4/9	B6	対談	谷沢永一		
愛国対論 「サヨク」に一撃、「ウヨク」に一閃	PHP研究所	02/6/5	B6	対談	小林よしのり		
いま大人に読ませたい本	致知出版社	02/6/6	B6	対談	谷沢永一		
現代用語の基礎知識（「日本人の遺伝子」を覚醒させる）	ビジネス社	02/6/10	B6	対談	谷沢永一		
相続税をゼロにせよ！	講談社	02/7/1	B6				
ビジネスマン　最強100冊	三笠書房	02/7/10	知的生きかた文庫	監修			94「ビジネスマンが読んでおくべき101冊の本」
尊敬される国民　品格ある国家	ワック	02/7/15	新書WACBUNKO	対談	岡崎久彦		97クレスト社「賢者は歴史に学ぶ」
音楽のある知的生活	PHP研究所	02/7/19	PHPエル新書	対談	渡部玄一		★→09ワック「知的生活の方法　音楽編」
考える力をつける哲学の本（人生の問題解決力を高める）	三笠書房	02/8/20	B6	翻訳		ルー・マリノフ	
人生の難局を突破し、自分を高める生き方	PHP研究所	02/9/4	B6	対談	谷沢永一		
絵解きルソーの哲学（社会を毒する呪詛の思想）	PHP研究所	02/9/9	B6	監訳		デイブ・ロビンソン	

タイトル	発行所	発行日	シリーズ/判型	区分け	共著(訳)者	原作者	元版/発展
ドイツ参謀本部（クレスト社版に準ずる。＋「新版のためのまえがき」）	祥伝社	02/9/10	B6				92クレスト社
幸田露伴の語録に学ぶ自己修養法	致知出版社	02/10/30	B6				
「いいこと」が次々起こる心の魔法	三笠書房	02/11/30	B6	翻訳		ウエイン・W・ダイアー	★→07文庫
詠う平家　殺す源氏（日本人があわせ持つ心の原点を探す）	ビジネス社	02/12/25	B6	対談	谷沢永一		
ドラえもんの謎	ビジネス社	03/1/25	B6	対談	横山泰行		
人間百歳 自由自在	致知出版社	03/3/11	新書版HC	対談	塩谷信男		
教育を救う保守の哲学（教育思想の禍毒から日本を守れ）	徳間書店	03/3/31	B6	対談	中川八洋		
国を愛するための現代知識	徳間書店	03/4/30	B6				
渡部昇一の時流を読む知恵（歴史力を身につけよ）	致知出版社	03/5/10	B6				
渡部昇一の昭和史	ワック	03/5/20	新書版				95クレスト社「かくて昭和史は甦る」
国を語る作法（勇の前に知を）	PHP研究所	03/5/26	B6				
「宗教とオカルト」の時代を生きる知恵	PHP研究所	03/7/7	B6	対談	谷沢永一		
なぜか「幸運」がついてまわる人 10のルール	三笠書房	03/7/20	B6				
運命を高めて生きる（新渡戸稲造の名著『修養』に学ぶ）	致知出版社	03/7/25	B6				
すべては歴史が教えてくれる（戦後民主主義の迷妄を解く）	太陽企画出版	03/8/13	B6	鼎談	竹村健一、日下公人		
渡部昇一の日本史 快読！	ワック	03/9/30	新書版				92クレスト社「かくて歴史は始まる」
「人生の成功者」になれる人（自分の夢をつかみ実現する方法）	大和書房	03/10/10	B6	監訳	貝塚　泉	ルービン／ゴールド	
孫子 勝つために何をすべきか	PHP研究所	03/10/17	PHP文庫	対談	谷沢永一		
英文法を知ってますか	文藝春秋	03/10/20	文春新書				

日本人はなぜ英語に弱いのか（達人たちの英語術）	教育出版	03/11/13	B6	鼎談	上田明子、松本道弘	
ローマ人の知恵	集英社インターナショナル	03/11/30	新書版HC			
「菜根譚」の裏を読む（現代版 日本人のための人生の智恵）	ビジネス社	03/12/1	B6	対談	谷沢永一	
「仕事の達人」の哲学（野間清治に学ぶ運命好転の法則）	致知出版社	03/12/1	B6			
一流の人になる法則（大運を引き寄せる人！）	三笠書房	03/12/10	知的生きかた文庫			00「人の上に立つ人になれ」
渡部昇一の日本語のこころ	ワック	03/12/12	新書 WAC BUNKO			74現代新書「日本語のこころ」
人生力が運を呼ぶ	致知出版社	04/1/22	B6	対談	木田元	
日本を貶める人々（「愛国の徒」を装う「売国の徒」を撃つ）	PHP研究所	04/2/6	B6	鼎談	新田均、八木秀次	
学ぶためのヒント	新学社	04/2/12	B6			★→07祥伝社黄金文庫
渡部昇一のラディカルな日本国家論	徳間書店	04/4/30	B6			
老年の豊かさについて	大和書房	04/5/1	B6			
先知先哲に学ぶ人間学	致知出版社	04/5/25	B6			
「思い」を実現させる確実な方法	PHP研究所	04/6/11	B6			
年表で読む 日本近現代史	海竜社	04/6/16	A5			★→09（増補改訂版）
古事記が語る原風景	PHP研究所	04/7/20	B6（エンゼル叢書7）	共著	岡野弘彦、石垣仁久ほか	
歴史は人を育てる（『十八史略』の名言に学ぶ）	致知出版社	04/7/30	B6			
理想的日本人（「日本文明」の礎を築いた12人）	PHP研究所	04/8/23	B6			★→07文庫「世界に誇れる日本人」
財運はこうしてつかめ（新装普及版）	致知出版社	04/9/3	新書版			00単行本
生きがい	ワック	04/10/11	新書 WAC BUNKO			72「人間らしさ」の構造（産業能率短期大学出版部）

タイトル	発行所	発行日	シリーズ/判型	区分け	共著(訳)者	原作者	元版/発展
古事記と日本人（神話から読みとく日本人のメンタリティ）	祥伝社	04/11/1	B6小				
（異端の成功者が伝える）億万長者の教科書	ビジネス社	04/11/25	B6	対談	大島健伸		
国民の教育	産経新聞ニュースサービス	04/11/30	扶桑社文庫				01単行本
男は男らしく 女は女らしく	ワック	04/12/14	新書 WAC BUNKO				77主婦の友「知的風景の中の女性」
渡部昇一の思考の方法	海竜社	05/1/12	B6				★→08「考える技術　一瞬で脳力がアップする！」
人生を創る言葉（東西古今の偉人たちが残した94の名言）	致知出版社	05/2/3	B6				
できる人になる生き方の習慣	致知出版社	05/3/1	新書版				97「ヒルティに学ぶ心術」
日本の黄金時代が始まる（何を守り何を変えるのか）	太陽企画出版	05/3/23	B6	鼎談	竹村健一、日下公人		
紫禁城の黄昏　上	祥伝社	05/3/25	B6	監訳	中山　理	R.F.ジョンストン	★→08黄金文庫
紫禁城の黄昏　下	祥伝社	05/3/25	B6	監訳	中山　理	R.F.ジョンストン	★→08黄金文庫
税高くして国滅ぶ	ワック	05/4/6	新書 WACBUNKO				93PHP「歴史の鉄則」
実に賢い 頭の使いかた37の習慣	三笠書房	05/5/25	B6				
歴史の真実　日本の教訓（日本人になる12章）	致知出版社	05/6/1	B6				
私の家庭教育再生論（鍵は「お母さんの知恵」にある）	海竜社	05/6/13	B6				
日本を蝕む人々（平成の国賊を名指しで糺す）	PHP研究所	05/6/22	B6	鼎談	屋山太郎、八木秀次		
日本史の法則（明日を予見する歴史の読み方）	祥伝社	05/6/25	新書 NONSELECT				79NON BOOK「歴史の読み方」

ダイヤー博士のスピリチュアル・ライフ	三笠書房	05/7/15	B6	翻訳		ウエイン・W・ダイアー	1101文庫「自分のまわりに不思議な奇跡がたくさん起こる！」
中国・韓国人に教えてあげたい本当の近現代史	徳間書店	05/7/31	B6				
明治の教訓・日本の気骨	致知出版社	05/8/1	新書版	対談	岡崎久彦		00「国のつくりかた」
子々孫々に語りつぎたい日本の歴史	致知出版社	05/8/15	B6	対談	中條高徳		
昭和史（松本清張と私）（大正末期～二・二六事件）	ビジネス社	05/12/14	B6				
反日に勝つ「昭和史の常識」	ワック	06/1/23	B6				★→「渡部昇一の昭和史　続」
日本人として最低知っておきたいQ&A近現代史の必須知識	PHP研究所	06/1/30	B5	監修	水野靖夫著		
自分を動かせ（「西国立志編」のエッセンス）	海竜社	06/2/14	B6	編・著		サミュエル・スマイルズ	
皇室消滅	ビジネス社	06/3/1	新書版	対談	中川八洋		
日本とシナ（1500年の真実）	PHP研究所	06/3/31	B6				
パスカル　「瞑想録」に学ぶ生き方の研究	致知出版社	06/4/6	B6				
「反日」を拒絶できる日本	徳間書店	06/4/30	B6				
日本を虐げる人々（偽りの歴史で国を売る徒輩を名指しで糺す）	PHP研究所	06/5/10	B6	鼎談	松浦光修、八木秀次		
指導力の差	ワック	06/6/20	新書版 WACBUNKO				81PHP「指導力の研究」
東條英機　歴史の証言（東京裁判宣誓供述書を読みとく）	祥伝社	06/8/1	B6				★→10祥伝社黄金文庫
この国の「義」を思う（歴史の教訓）	致知出版社	06/8/7	B6				
[図解] 指導力の研究（人を動かす情報力・根回し・統率力）	PHP研究所	06/8/22	B5				81新書版
「頭のいい人」はシンプルに生きる（「快適生活」の方法）	三笠書房	06/8/25	B6	翻訳		ウエイン・W・ダイアー	79「自分の時代」
栄光の日本文明（世界はニッポン化する）	太陽企画出版	06/8/30	B6	鼎談	竹村健一・日下公人		

タイトル	発行所	発行日	シリーズ/判型	区分け	共著(訳)者	原作者	元版/発展
皇室入門	飛鳥新社	06/9/9	A5マンガ入門シリーズ	共著	こやす珠世(マンガ)		
人生後半に読むべき本	PHP研究所	06/9/11	B6	対談	谷沢永一		★→09「大人の読書」
病気にならない生活のすすめ(東洋の智恵は長寿の智恵)	PHP研究所	06/9/19	PHP文庫	対談	石原結實		01「東洋の智恵は長寿の智恵」
人生を「知的」に生きる方法	青春出版社	06/11/20	青春文庫				85新書「自分を言えない人の自己主張の本」
渡部昇一の古代史入門(頼山陽「日本楽府」を読む)	ワック	06/11/24	新書版				90PHP「日本史の真髄」1
(全文)リットン報告書	ビジネス社	06/11/24	B6	解説・編			
世界に誇れる日本人	PHP研究所	07/1/25	PHP文庫				04「理想的日本人」
霊の研究 人生の探求	致知出版社	07/1/31	B6	対談	本山 博		
ものを考える人	三笠書房	07/2/1	B6				99「ものを考える人 考えない人」
「東京裁判」を裁判する	致知出版社	07/2/13	B6				
学ぶためのヒント	祥伝社	07/2/20	黄金文庫				04新学社単行本
中国を永久に黙らせる100問100答	ワック	07/3/28	B6				
わたしの人生観歴史観	PHP研究所	07/4/2	新書版				96「渡部昇一の人生観・歴史観を高める事典」
「いいこと」が次々起こる心の魔法	三笠書房	07/4/10	知的生きかた文庫	翻訳		ウエイン・W・ダイアー	02単行本
95歳へ!(幸福な晩年を築く33の技術)	飛鳥新社	07/4/19	新書版				★→2011祥伝社黄金文庫「60歳からの人生を愉しむ技術」
日本国憲法無効宣言	ビジネス社	07/4/19	B6	対談	南出喜久治		
中国・韓国に二度と謝らないための近現代史	徳間書店	07/4/30	B6				
人間は一生学ぶことができる(佐藤一斎「言志四録」にみる生き方の知恵)	PHP研究所	07/5/7	B6	対談	谷沢永一		
渋沢栄一 男の器量を磨く生き方	致知出版社	07/5/15	B6				
渡部昇一の中世史入門(頼山陽「日本楽府」を読む)	ワック	07/6/27	新書版				92PHP「日本史の真髄」2

日本人の品格	KKベストセラーズ	07/7/25	ベスト新書				
渡部昇一のマンガ昭和史	宝島社	07/8/6	A5 全イラスト		漫画：水木繁		★→08文庫
図解・日本人のための昭和史（昭和史は、まさに今日の時事問題だ）	ワック	07/8/6	B5				
人生の出発点は低いほどよい	PHP研究所	07/8/8	新書版				00「後悔しない人生」
時流を読む眼力	致知出版社	07/8/13	B6				
「自分の価値」を高める力（365日、クリエイティブに生きる法）	三笠書房	07/9/10	B6	翻訳		ウエイン・W・ダイアー	84文庫「自分のための人生」
楽しい読書生活（本読みの達人による知的読書のすすめ）	ビジネス社	07/9/14	B6				
国境を越えた源氏物語（紫式部とシェイクスピアの響きあい）	PHP研究所	07/10/10	B6（エンゼル叢書10）	共著	岡野裕彦、P.ミルワード、松田義幸ほか		
自由をいかに守るか(ハイエクを読み直す)	PHP研究所	07/11/29	PHP新書				★→12李白社「ハイエクの大予言」
国家の経営　企業の経営（その成否は「トップ」で決まる）	祥伝社	07/12/10	B6	対談	船井幸雄		
小さな努力で大きく報われる法（幸田露伴の人生哲学名著「努力論」）	三笠書房	07/12/31	B6				97「人生、報われる生き方」
「いじめ」の構造	PHP研究所	08/2/6	新書版	対談	土居健郎		95「いじめと妬み」
修養こそ人生をひらく（「四書五経」に学ぶ人間学）	致知出版社	08/2/13	B6	対談	谷沢永一		
知っておくべき 日本人の底力	海竜社	08/2/23	B6				
四書五経一日一言	致知出版社	08/3/17	新書版ビニル装	編			
父の哲学	幻冬舎	08/3/20	B6				
「在支二十五年」米国記者が見た戦前のシナと日本（上）	祥伝社	08/4/1	B6	監訳	中山 理（訳）	ジョン・B・パウエル	
「在支二十五年」米国記者が見た戦前のシナと日本（下）	祥伝社	08/4/1	B6	監訳	中山 理（訳）	ジョン・B・パウエル	
日本人とは何か(「和の心」が見つかる名著)	PHP研究所	08/4/1	新書版HC	対談	谷沢永一		

タイトル	発行所	発行日	シリーズ/判型	区分け	共著(訳)者	原作者	元版/発展
自分の品格（ぶれない生き方、ゆるぎない自信）	三笠書房	08/4/5	B6				98「自分の壁を破る人 破れない人」
渡部昇一の戦国史入門（頼山陽「日本楽府」を読む）	ワック	08/4/7	新書版				94PHP「日本史の真髄」3
国、死に給うことなかれ	徳間書店	08/5/31	B6				
発想法（「新版へのまえがき」が加わる）	PHP研究所	08/6/4	新書版				81講談社現代新書
日本を弑する人々（国を危うくする偽善者を名指しで糺す）	PHP研究所	08/6/9	B6	鼎談	稲田朋美、八木秀次		
黄金の羽根（思うままに人生は変えられる）	万来舎	08/6/16	B6	監訳	訳：澤口亜樹	スーザン・ゾグリオ	
上に立つ者の心得（『貞観政要』に学ぶ）	致知出版社	08/6/19	B6	対談	谷沢永一		
渡部昇一のマンガ昭和史	宝島社	08/8/2	宝島SUGOI文庫		漫画：水木繁		07単行本
「パル判決書」の真実（いまこそ東京裁判史観を断つ）	PHP研究所	08/9/9	B6				12ワック「日本は侵略国家だったのか」
ローマの名言 一日一言（古の英知に心を磨く）	致知出版社	08/9/29	新書 一日一言				
「小さな自分」で一生を終わるな！ – 改訂新版	三笠書房	08/10/1	B6	翻訳		ウエイン・W・ダイアー	90単行本
紫禁城の黄昏 上	祥伝社	08/10/20	祥伝社黄金文庫	翻訳	中山 理	R.F.ジョンストン	05単行本
紫禁城の黄昏 下	祥伝社	08/10/20	祥伝社黄金文庫	翻訳	中山 理	R.F.ジョンストン	05単行本
渡部昇一の昭和史 正	ワック	08/10/30	新書 WAC BUNKO				95クレスト社「かくて昭和史は甦る」
渡部昇一の昭和史 続	ワック	08/10/30	新書 WAC BUNKO				06反日に勝つ「昭和史の常識」
日本史 百人一首	育鵬社	08/11/11	B6				
考える技術 一瞬で脳力がアップする！	海竜社	08/11/28	B6				05「渡部昇一の思考の方法」

強い日本への発想（時事の見方を鍛えると未来が見える）	致知出版社	08/11/30	B6	鼎談	竹村健一、日下公人		
日本は「侵略国家」ではない	海竜社	08/12/29	B6	対談	田母神俊雄		
老子の読み方	PHP研究所	09/1/9	B6	対談	谷沢永一		
知的生活の方法（第75刷）	講談社	09/1/20	現代新書				昭和51（1976）．4. 20 初版第一刷 と同本だが75刷ともなる故、改めて記載。
知的生活の方法　音楽編	ワック	09/2/23	新書 WAC BUNKO	対談	渡部玄一		02PHP「音楽のある知的生活」
大人の読書	PHP研究所	09/3/11	新書	対談	谷沢永一		06「人生後半に読むべき本」
語源力（英語の語源でわかる人間の思想の歴史）	海竜社	09/3/24	B6				
日本人ならこう考える（日本と世界の文明放談）	PHP研究所	09/3/26	B6	対談	養老孟司		
渋沢栄一　『論語と算盤』が教える人生繁栄の道	致知出版社	09/3/31	B6				
年表で読む 日本近現代史（増補改訂版）	海竜社	09/5/20	A5				04初版に新まえがきと５項目を追加
日本を賤しめる「日本嫌い」の日本人（いま恐れるべきはジパノフォビア）	徳間書店	09/5/31	B6				
なでしこ日本史（女性は太陽であり続けてきた）	育鵬社	09/6/5	B6				
すごく頭のいい人の生活術	三笠書房	09/7/10	知的生き方文庫				99「ものを考える人 考えない人」
組織を生かす幹部の器量（『宋名臣言行録』に学ぶ）	致知出版社	09/7/21	B6	対談	谷沢永一		
ドイツ参謀本部（クレスト社版に準ずる。＋「新書版のためのまえがき」）	祥伝社	09/8/5	祥伝社新書				92クレスト社
眠りながら成功する（上）／大島淳一	三笠書房	09/9/15	知的生きかた文庫	翻訳		ジョセフ・マーフィー	68産業能率短期大学出版部
眠りながら成功する（下）／大島淳一	三笠書房	09/9/15	知的生きかた文庫	翻訳		ジョセフ・マーフィー	68産業能率短期大学出版部
平成徒然談義	PHP研究所	09/10/2	B6	対談	谷沢永一		

タイトル	発行所	発行日	シリーズ/判型	区分け	共著(訳)者	原作者	元版/発展
日本を譏する人々（不作為の「現実主義」に堕した徒輩を名指しで紊す）	PHP研究所	09/10/2	B6	鼎談	金 美齢、八木秀次		
自助論　上（スマイルズと私…まえがきにかえて）	幸福の科学出版	09/10/6	新書/教養の大陸	共訳	宮地久子	中村/スマイルズ	
自助論　下（解説：中村敬宇、参考文献、スマイルズの著書）	幸福の科学出版	09/10/6	新書/教養の大陸	共訳	宮地久子	中村/スマイルズ	解説=81 0110「西国立志編」（学術文庫）「中村正直とサミュエル・スマイルズ」
「自分の世界」をしっかり持ちなさい！（「強い自分」に脱皮するために）	イースト・プレス	09/10/6					72「人間らしさ」の構造（産業能率短期大学出版部）
渋沢栄一　人生百訓（青淵百話）	致知出版社	09/10/23					
日本の歴史を解く９つの鍵（古代～幕末編）	海竜社	09/11/30	A5	鼎談	岡崎久彦、石平		
裸の総理たち32人の正体（渡部昇一の人物戦後史）	李白社	10/1/17	B6				
日本、そして日本人の「夢」と矜持（ほこり）	イースト・プレス	10/1/27	B6				92クレスト社「かくて歴史は始まる」
渡部昇一「日本の歴史」７ 戦後篇 「戦後」混迷の時代に	ワック	10/2/10	B6				
国民の見識（誇りと希望のある国を取り戻すために）	致知出版社	10/2/25	B6				
自分の品格（ぶれない生き方、ゆるぎない自信）	三笠書房	10/3/10	知的生きかた文庫				98「自分の壁を破る人 破れない人」
渡部昇一「日本の歴史」６ 昭和篇 「昭和の大戦」への道	ワック	10/3/25	B6				
論語活学	致知出版社	10/3/31	B6				
渡部昇一「日本の歴史」５ 明治篇 世界史に躍り出た日本	ワック	10/5/21	B6				
歴史から壊れていく日本	徳間書店	10/5/31	B6				
歴史に学ぶリーダーの研究	致知出版社	10/5/31	B6				
渡部昇一「日本の歴史」４ 江戸篇 世界一の都市江戸の繁盛	ワック	10/7/23	B6				

東條英機　歴史の証言（東京裁判宣誓供述書を読みとく）	祥伝社	10/7/25	黄金文庫			0608単行本
健康と長寿の極意	PHP研究所	10/8/9	B6	対談	石原結實	
絶対「ボケない脳」を作る実験	李白社	10/8/14	B6	対談	加藤俊徳	
読書こそが人生をひらく	モラロジー研究所	10/9/14	B6	対談	中山 理	
歴史を知らない政治家が国を亡ぼす	致知出版社	10/9/30	B6			
渡部昇一「日本の歴史」3 戦国篇 戦乱と文化の交流	ワック	10/10/5	B6			
子々孫々に語りつぎたい日本の歴史 2	致知出版社	10/10/30	B6	対談	中條高徳	
知的余生の方法	新潮社	10/11/20	新潮新書			
渡部昇一「日本の歴史」2 中世篇 日本人のなかの武士と天皇	ワック	10/12/6	B6			
（父から子に語る）日本人の成功法則	李白社	10/12/18	B6	対談	神田昌典	
「名将言行録」を読む	致知出版社	10/12/25	B6			
「自分」の証明　悩む人ほど、大きく伸びる	イースト・プレス	11/1/11	新書HC			
自分のまわりに不思議な奇跡がたくさん起こる！	三笠書房	11/1/20	王様文庫			05「ダイヤー博士のスピリチュアル・ライフ」
渡部昇一「日本の歴史」1 古代篇 現代までつづく日本人の源流	ワック	11/2/7	B6			
日本を誣いる人々（祖国を売り渡す徒輩を名指しで糺す）	PHP研究所	11/2/14	B6	鼎談	呉善花、八木秀次	
人を動かす力（歴史人物に学ぶリーダーの条件）	PHP研究所	11/3/7	ＰＨＰビジネス新書			81「指導力の研究」
生き方の流儀	致知出版社	11/5/31	B6	対談	米長邦雄	
民主党よ、日本を潰す気か	徳間書店	11/5/31	B6			
渡部昇一「日本の歴史」8　読む年表	ワック	11/6/14	B6			
アメリカが畏怖した日本(真実の日米関係史)	PHP研究所	11/6/29	新書			
国家の実力	致知出版社	11/6/30	B6	対談	佐々淳行	

タイトル	発行所	発行日	シリーズ/判型	区分け	共著(訳)者	原作者	元版/発展
渡部昇一 決定版 日本史	育鵬社	11/7/20	B6				
ジョン・ドットの20代で読む人生に必要なこと	三笠書房	11/9/5	B6	翻訳			82「自分を鍛える」
皇室はなぜ尊いのか（日本人が守るべき「美しい虹」）	PHP研究所	11/9/12	B6				
アメリカ史の真実（なぜ「情容赦のない国」が生まれたのか）	祥伝社	11/9/15	B6	監修	中山 理	C・チェスタトン	
渡部昇一、「女子会」に挑む！	ワック	11/9/27	B6	対談	櫻井他13		（初出：WiLL）
「君主論」55の教え	三笠書房	11/10/10	知的生きかた文庫	翻訳		ニッコロ・マキャヴェリ	
「修養」のすすめ	致知出版社	11/10/15	B6				
60歳からの人生を愉しむ技術	祥伝社	11/10/20	黄金文庫				07飛鳥新社「95歳へ！」
中村天風に学ぶ成功哲学	致知出版社	11/11/30	B6				
日本史から見た日本人・昭和編（上）「立憲君主国」の崩壊と繁栄の謎	祥伝社	11/12/10	新書NON SELECT				89単行本
日本史から見た日本人・昭和編（下）「立憲君主国」の崩壊と繁栄の謎	祥伝社	11/12/10	新書NON SELECT				89単行本（天皇陛下即位10年記念講演追録）
人間力を伸ばす珠玉の言葉（箴は鍼なり）	モラロジー研究所	11/12/10	B6	対談	中山 理		
松下幸之助　成功の秘伝75	致知出版社	12/1/31	B6				83学研「日本不倒翁の発送」（←本書をベースに再編成）
渡部昇一著作集　歴史①　日本は侵略国家だったのか―「パル判決書」の真実	ワック	12/2/29	B6　著作集				08PHP「パル判決書」の真実
渡部昇一著作集　政治①　税高くして民滅び、国亡ぶ	ワック	12/2/29	B6　著作集				93PHP「歴史の鉄則」
わが書物愛的伝記（書物を語り、自己を語る）	広瀬書院	12/4/29	B6				01雄松堂刊「蔵書目録」のPrefaceを日本語に翻訳。ほか4編を既刊書（誌）より収録
たった1つの言葉が人生を大きく変える	日本文芸社	12/3/10	B6	翻訳			
人は老いて死に、肉体は亡びても、魂は存在するのか？	海竜社	12/3/30	B6				

渡部《わたなべ》昇一《しょういち》先生 略歴

（上智大学名誉教授、ミュンスター大学 Dr. phil., Dr. phil. h.c.、号：愛鯉軒、鳥丘）

昭和５年（1930）10月15日　山形県鶴岡市養海塚に生まれる。

朝陽第一小学校（藩校明倫致道館の後身）を経て、旧制鶴岡中学五年卒業、翌年、新制鶴岡第一高等学校三年に編入。旧制中学五年のとき、生涯の恩師、佐藤順太先生に出会い、英語学、英文学の道に志して上智大学英文科に進学。

昭和28年（1953）3月　上智大学文学部英文科卒業

昭和28年（1953）4月　同大学大学院西洋文化研究科英米文学専攻修士課程入学

昭和30年（1955）3月　同上修了（文学修士）

昭和30年（1955）4月～10月　上智大学大学院英文学専攻科助手

昭和30年（1955）10月　Universität zu Münster留学（西ドイツ・ミュンスター大学）　英語学・言語学専攻。K. Schneider, P. Hartmannに師事。

昭和33年（1958）5月　同大学よりDr. phil. magna cum laude（文学博士――大なる称讃をもって）の学位を受ける。

学　位　論　文：“*Studien zur Abhängigkeit der frühneuenglischen Grammatiken von den mittelalterlichen Lateingrammatiken*“(Münster: Max Kramer 1958, xiii + 303 + ii pp.)。これは日

本の英語学者の世界的偉業。日本では昭和40年（1965）に『英文法史』として研究社より出版。
昭和33年（1958）5月　University of Oxford（Jesus College）寄託研究生。E．J．Dobsonに師事。　父、病気のため帰国。
滞在中、J．マーフィー理論を知る。帰国後、大島淳一名で訳書、著書を出版。
昭和34年（1959）4月　上智大学外国語学部英語学科講師
昭和35年（1960）4月　上智大学文学部英文学科講師
昭和39年（1964）4月　上智大学文学部英文学科助教授
昭和43～45年（1968～1970）　フルブライト招聘教授としてNew Jersey, North Carolina, Missouri, Michiganのアメリカ各大学で比較文明論を講ず。
昭和46年（1971）4月　上智大学文学部英文学科教授
昭和49年（1974）4月～平成3年（1991）3月　日本英文学会理事・評議員
昭和50年（1975）11月「英語学史」出版（大修館書店）
昭和52年（1977）　第24回日本エッセイスト・クラブ賞
昭和58年（1983）4月～62年（1987）3月　上智大学文学部英文学科長
昭和58年（1983）4月～62年（1987）3月　上智大学大学院文学研究科英米文学専攻主任
昭和59年（1984）臨時教育審議会専門委員（大学・専門学校部門）
昭和60年（1985）第1回正論大賞
平成2年（1990）1月「イギリス国学史」出版（研究社）
平成4年（1993）12月　イギリス国学協会会長

平成6年（1994）Universität zu MünsterよりDr. phil. h.c.（ミュンスター大学名誉博士号）。卓越せる学問的貢献に対して授与された。欧米以外の学者では同大学創立以来最初となる。

平成7年（1995）4月　上智大学文学部英文学科特遇教授

平成11年（1999）4月　上智大学文学部英文学科特別契約教授

平成11年（1999）7月　日本ビブリオフィル協会初代会長

平成13年（2001）4月　上智大学名誉教授

平成18年（2006）新ライブラリー完成

平成22年（2010）10月　金婚式

［諸団体役職］（●は現在も、▲は終了）

▲昭和36年11月～平成24年4月　日本科学協会評議員・理事　▲昭和49年11月～平成3年3月　日本英米文学会理事、評議員　▲昭和54年10月～56年10月　通産省産業構造審議会臨時委員　▲昭和57年3月～平成3年2月15日　国語審議会委員　●昭和59年11月より　株式会社ツヴァイ顧問　▲昭和59年12月　臨時教育審議会専門委員（大学専門学校）　●昭和60年5月よりGreat Britain-Sasakawa Foundation理事　▲昭和62年12月～平成2年12月 税制調査会特別委員　●昭和63年9月より　野間教育研究所理事　●平成1年6月より　日本ウエルエージング協会理事　●平成2年7月より（財団法人日本財団理事）平成23年4月1日から公益財団法人日本財団評議員　▲平成2年12月～平成14年6月　イオングループ環境財団評議員　▲平成3年4月～平成12年3月　財団法人エンゼル財団評議員　●平成4年12月より　イギリス国学協会会長　▲平成8年10月より　㈱新学社取締役、17年10月～19年10月顧問　▲平成12年4月～平成21年3月　財団法人エンゼル財団理事　●平成12年7月より　日本ビブリオフィル協会会長　●平成14年9月より　日印親善協会理事長　●平成20年7月より　道徳教育をすすめる有識者の会代表世話人

SHOICHI WATANABE

BIBLIOTHECA PHILOLOGICA WATANABEIENSIS

THE CATALOGUE OF PHILOLOGICAL BOOKS IN THE LIBRARY OF PROFESSOR SHOICHI WATANABE

EDITED
BY
SHOICHI WATANABE
DR. PHIL., DR. PHIL. H. C., M. A.
PROFESSOR EMERITUS OF SOPHIA (JOCHI) UNIVERSITY, TOKYO
PRESIDENT OF THE ENGLISH PHILOLOGICAL SOCIETY OF JAPAN
PRESIDENT OF THE JAPAN ASSOCIATION OF BIBLIOPHILES

ASSOCIATE EDITOR
SATORU UEDA
SENIOR LECTURER AT UENO GAKUEN COLLEGE, TOKYO
FORMER STAFF AT WASEDA UNIVERSITY LIBRARY

TOKYO
YUSHODO CO., LTD.
MMI

(英文原本におけるタイトルページ)

ISBN: 4-8419-0285-6

First published in 2001

Yushodo Co., Ltd., 29 San-ei-cho, Shinjuku-ku, Tokyo 160-0008

Printed in Japan

A note on the front cover of this book:
The blind-tooled symbol on the front cover is the kamon, or crest
of the Watanabe family.

Biographia Bibliophilia, or preface to the catalogue of philological books in my library

Every time I think of the word 'bibliophilia', the famous paradoxes of Lao-tse come to my mind:

> When the great law of nature is neglected, moral codes appear.
> When human intelligence appears, big lies appear.
> When all kith and kin are at variance with each other, children of filial piety appear.
> When the state is in a great trouble, real loyalists appear.

I should like to add another paradox to the above-quoted ones. That is:

> When a great number of books are destroyed, the spirit of bibliophilia appears.

Every bibliophile will, I am certain, consent to my view remembering the destruction of great monastery libraries by King Henry VIII and the subsequent appearance of bibliophiles in England.

When I look back on my childhood, a keen sense of scarcity was prevalent. Around 1940, when I began to read 'books' avidly after passing through the stages of picture-books and comic books, fewer and fewer books were being published. Paper—for that matter everything including food, clothes, oil—was becoming very precious. We, children who loved reading books, were very hungry for books, and used to lend and borrow books among ourselves. My family was far from affluent, and what was worse, the merchandise which my family dealt with included tallow, camellia oil, perfume, cloth interwoven with gold and silver. These articles were designated as war-connected materials and were forbidden to be sold—at least openly. It was fortunate for me that my father was a man rather insensitive to deepening indigence, who had a very high regard for learning and held men of letters in veneration. What is more, he had a touch of eccentricity and vanity. One day he took me to a bookshop, the owner of which was an acquaintance of his. This shop dealt with both new books and magazines

and secondhand books. In a rather pompous manner my father said to the shopkeeper, "When my boy wants to buy any book in your shop, please charge it to my account." This remark of my father's caused me to exult almost to terror. I had never heard of a father allowing his ten-year boy to charge any book of his choice to his parent's account. Young as I was, I was already conscious of the straitened circumstances of our family, and did not make use of the extraordinary 'privilege' very often. Privilege was, however, privilege. No friends of mine, whose parents were tens and hundreds of times as rich as mine, had such a privilege. From time to time I could flaunt my privilege in the presence of my friends at the bookshop. I began to collect the famous Kodansha series of 'Historical Stories for Boys' and found them one by one at the secondhand bookshop with the result that I succeeded in collecting all of them. This was a kind of achievement, for that series had stopped publishing new stories because of the war-time paper shortage. I was very proud of my collection and began to feel as if I were a special person concerning books. I cannot help feeling grateful to my indulgent father, and my mother who raised no opposition to this eccentric performance of her husband's in spite of her uncomfortable makeshifts for the household economy.

In the middle school, I had a burning desire to have a big Chinese-Japanese dictionary. Since my childhood I was charmed by the classic Chinese poetry of the Tang Dynasty (618-906 A.D.), and the Chinese characters seemed to me glamourously attractive. In 1944 we read *The Analects of Confucius* in the class of Chinese classics. (Curious to say, the classes of my prefectural middle school were relatively little influenced by the war. Our school used *The King's Crown Reader* (edited by Baron Kanda) with the English crown on the cover in the English class despite the fact that Japan had declared war on Great Britain and occupied Singapore, Hong Kong, Malaya, Borneo, Burma etc. The impact of the war began to be felt strongly even in our class only after the summer of 1944 when the island of Saipan was lost to America.) We could not buy dictionaries at bookshops because of the scarcity of paper which had made book-

publishing almost impossible. Even dictionaries were rationed in class by lot. I could not get the dictionary. The fellow who was lucky enough to get it by lot did not need it in fact, and lent it to me. Compelled by a feverish and irrational desire to own that dictionary, I began to copy the dictionary which was nearly as thick as three thousand pages. After about a week my father happened to find me copying a thick dictionary frantically. He stopped me on the spot telling me that it was utterly impossible and would hurt my eyes. To be honest, I was beginning to feel that my copying would never be completed, and followed that paternal advice of his immediately.

For a couple of years after the war there was scarcity in every field—in food, clothes, paper, housing and so on. We did not have regular text books. Our teacher of Japanese classics wrote a few poems from "Manyo-shu" (a twenty-volume anthology of ancient Japan, compiled about the middle of the eighth century) on the blackboard with chalk and we, middle school pupils, wrote them down on our respective notebooks or pieces of paper. I looked up at the beautiful prewar edition of that anthology in our teacher's hand. How I wished to have such a beautiful book! Books which were published in the prewar days were as precious and as scarce as gems. More than sixty main cities of Japan had been burnt to ashes together with mountains of books. Recollecting those days of dire scarcity, however, in the tranquillity of a septuagenarian scholar's study, that scarcity in paper begins to appear a blessing in disguise.

Owing to the scarcity of paper and other materials our textbooks in English classes were irregular, and in the third year class of our highschool we were forced to read one of Sir Francis Bacon's Essays. It was one of the greatest piece of good fortune in my life that our English teacher was Mr. Junta Sato. He was born in an impoverished but highly cultured samurai family, and graduated at the Higher Normal School of Tokyo in the early 1900's. He was an authority on hunting guns and hunting dogs, and contributed related articles to a Japanese encyclopaedia. He was an old man who had retired long before the war, but he was called back to class owing to the postwar scarcity of English

teachers. He inspired me to use the *Concise Oxford Dictionary*, which I luckily found at a secondhand bookshop. (It turned out to be the first edition). Mr. Sato taught me to read Bacon's Essay 'Of Studies' in a grammatically rigourous way with the help of *COD*. This was a most exhilarating experience. My feeling of deep pleasure and satisfaction was comparable to the experience I had while reading Confucius's *Analects* a few years before.

My first visit to Mr. Sato's house was a real eye-opening excitement. For the first time in my life I stepped into a private library or study surrounded by books piled up to the ceiling. A great part of his library consisted of Japanese and Chinese classical books in wood-block printing. Another part consisted of English books including an English encyclopaedia, Webster's dictionary (the second edition) and so forth. The impression I received at that time was so deep and intense that Mr. Sato's way of living has become the lodestar of my life until this very day. A reclusive life with a study like his — this image has guided my life ever since. Later on I became a teacher at a university, but I constantly tried to avoid administrative posts on campus and the committees of Japanese Government though I sometimes had to violate this principle of mine.

In 1949 I entered Jochi (Sophia) University in the middle of Tokyo. This institution of higher education was originally founded by German Jesuits, but when I was a student there, it was *the* most international university in Japan. It was a brave new world to me. I met foreign scholars there for the first time in my life. The faculty consisted of Japanese, German, French, English and American scholars. One of the English professors, for example, was Sir Charles Lyell's grandson, while another was ex-president of an American Jesuit university. Sophia University during the latter half of the 1940's was a special place in Occupied Japan where freedom of speech was best observed. Even today I clearly remember a professor of Japanese classics, who was an important man in his Shinto sect, saying to us as follows:

> "This university is the only university today where the *Kojiki* (the oldest book of Japanese mythology and the earliest part of her history, edited 712 A.D.)

can be read in class. So let's read the *Kojiki*."
His class was placed in the first school period, that is, very early in the morning. Most students were absent, and generally I was the only student in his class, with the result that I am probably the only student in Japan that studied the oldest Japanese book in class in Occupied Japan. The National Shinto University in Ise had been abolished by order of GHQ (General Headquarters of the Occupation Army). Freedom of speech was far more strictly and thoroughly censured by GHQ in those days than even during the war. This special condition under which I was led into the world of Japanese classical literature and the incessant bibliophilic influence of Mr. Sato fostered my unfailing interest and taste in Japanese books. (My collection of books in Japanese and Chinese is not included in this catalogue.)

Material scarcity was still persistent. I, as well as my country, was destitute. One dollar, which used to be rated as between two and four yen, was then officially equivalent to 360 yen, and rated as more than 400 yen on the blackmarket. One pound sterling, which was rated as 10 yen in the prewar days, was then more than 1,000 yen. One of the first imported foreign books that I bought in those days was R. F. Jones's *The Triumph of the English Language* (OUP, 1953), and its price amounted almost to half of my monthly living cost including lodgings and food. This nostalgic memory is the reason why very cheap editions, which now seem totally unworthy of listing, are included in this catalogue side by side with such precious books as Caxton's first illustrated edition of Chaucer and the editio princeps of *Beowulf*. I have never collected books merely for collecting's sake, but have been an avid reader as well as a constant user of my books for the purpose of writing my own books and articles. My mind and career as a scholar and writer have grown up with my growing library. The old cheap paperback editions which I read in the dormitory are, to me, like old friends as dear as incunabula. In this catalogue, what is more, are included many odd books at which some people will be sure to frown. I have collected them driven by a voracious appetite for knowing as many facets of Western Civilization as possible.

During my graduate-school days I came to live in the

library of the university in order to save my housing and traffic expenses. My duty was to shut the doors and windows of the library after its closing hour every evening. After 'I' closed the doors of the library, I practically had the whole university library to myself. Whenever I wanted to check any information in any book, I could go straight to that book in the library. How efficiently I could save my time! This experience of mine in the university library gave me an invaluable insight into the advantage of having one's own library, and I made up my mind firmly and immutably to build my own library in the future in order to save the time to go to the university library and borrow books through official procedure.

Since I read F. Bacon's 'Of Studies' and part of John Locke's *An Essay Concerning Human Understanding* with Mr. Sato in the last year of highschool, a specific wonder never left me—a wonder why I could grasp the exact meaning of the sentences of a language totally foreign to my mother tongue. This wonder was caused by English grammar. If one knows the grammar of a foreign language, one can grasp the exact meaning of difficult sentences in that language. Grammar is a magic key to books in a foreign language. (Later on I came to know that medieval Englishmen held the same sense of wonder at 'grammar'. 'Gramarye' meant both 'grammar' and 'magic', and the word 'glamour', which means 'magic' or 'enchantment', is a variant form of 'grammar'.) I was literally enchanted by grammar and glamourized grammar. Thus, the title of my thesis for M.A. was 'A Study of Ben Jonson's *English Grammar* (1640)'. On finishing this M.A. thesis I came to realize very sharply the fact that the origin of English grammar books was utterly beyond the reach of my power of research. I began to ask a few eminent professors of English in Japan to give me any suggestion on the literature or works concerning the origin of English grammar books, but in vain.

An unexpected and extraordinary stroke of luck opened a door which enabled me to continue my studies in the University of Münster in Westphalia, Germany. The then president of that university happened to visit our university in Tokyo and left a scholarship which would enable two

students to study there. Professor Roggendorf, S.J., the then dean of the Graduate School, who was a German with an M.A. Degree of the University of London and taught English and comparative literature, seemed to have recognized some scholarly aptitude in me and conferred this scholarship on me. This was a most unusual incident, for I belonged to the English Department. To send a student majoring in English to Germany was usually unthinkable. Fortunately, Prof. Roggendorf, though a professor of the English Department, was clearly conscious of the height of 'Englische Philologie' in Germany and happened to know I was the only student of his English Department who could read German at all comfortably in a German university.

In Münster I had a singularly good piece of luck. Prof. Karl Schneider turned out to be an ideal mentor. There is an episode which shows his exceptional talent as a scholar. When he produced his habilitation thesis for the University of Marburg, one of the professors commissioned to examine it refrained from giving his evaluation of the academic value for the following remarkable reason. "This candidate's findings are, if they should be true, almost as important as Jacob Grimm's. They can hardly be true, but I can't disprove his assertions. I would like to refrain from being one of the judges of this thesis." This was about half a century ago and nobody has successfully disproved his assertions since they were made for the first time. This great scholar very easily solved all my questions when I met him for the second time. (At our first meeting I only introduced myself and told him in English my aim for research work there, for I had never spoken German in Japan.) He gave me a list of books which I should first read. I was surprised or astonished to find that all the early English grammar books, except Ben Jonson's (for his English Grammar was included in his Complete Works) had been already reproduced in Germany before World War II. Several scholarly books and research works had already been undertaken. No early grammar books had been reprinted nor any academic research in this field had been done either in England or in America. This was a very remarkable contrast. Another discovery that delighted and surprised me was that literally all the books and articles that

I wanted to consult were to be found either in department libraries or in the university library. The latter institute was a marvel to me in its generosity. I could borrow as many books as I wished and keep them in my room as long as I wished until some one who wanted the same book appeared. I remember, for example, several thick volumes of H. Keil's *Grammatici Latini* being piled on my desk in the dormitory for two years. What was more, the printing office attached to the library never failed to photocopy any article or booklet in a couple of days.(Xerography was not yet invented.) According to Prof. Schneider's own remark I finished my doctoral thesis *Studien zur Abhängigkeit der frühneuenglischen Grammatiken von den mittelalterlichen Lateingrammatiken* (300 pages in book form), 'with unprecedented speed' in 1958. It took me less than two years. The reason for this speedy progress of my thesis-writing was crystal-clear to me. It was nothing but the easy access to all the books and articles that I needed to consult. In other words the library system of the German university enabled me to finish my thesis with a speed of which I could not even dream in Japan in those days. This very experience made my determination to build my own library in future an absolutely firm one.

Without returning to Japan I went over to Oxford by the special kind offices of the late Rev. M. C. D'Arcy, onetime master of Campion Hall and ex-provincial of the English Jesuit province as well as the author of such famous books as *The Mind and Heart of Love*. Thanks to the kind consideration of the late Prof. E. J. Dobson, my mentor at Oxford, I had free access to the Duke Humphrey's Room in the Bodleian Library. I saw very venerable-looking elderly scholars reading old books among chained books. I came to know the Good Duke Humphrey of Gloucester's name was commemorated there as the first great collector of books in England though only three volumes of his collection remained in the Bodleian. I began to dream of my future figure surrounded by noble folios and venerable quartos in my own library. My frequent visit to antiquarian bookshops at Oxford and London in the 1950's opened my eyes to a brave 'old' world. Scholarship student in penury as I was, I

only looked at the precious books on line after line of wall shelves in admiration and awe. Shortly before leaving Oxford, I decided on spending all the money in my pocket for purchasing one or two antiquarian books as remembrancer of my stay in England. One was Richard Verstegan's *A Restitution of Decayed Intelligence*, 1634 (the first edition of which I got much later) and F. Bacon's philosophical works in extremely shabby quartos. (I use Spedding and Ellis's edition now.)

Returning to Tokyo and my old quarters in the university library, I began my career as a college teacher, and my determination to build my own library was so firm that I professed to my friends and acquaintances, "I will not get married until I have got my own library or at least my study surrounded by books." This impudent declaration of a callow teacher seemed to antagonize some elder professors with good reason. Many professors lacked not only their own studies but also houses of their own. Japan was literally burnt-out country and Tokyo was a holocausted city. Some elder teachers had come back from the battlefields with their bare lives. Their antipathetic feeling was sometimes perceptible even to such an insensitive youth as I. Anyhow an unexpected lucky turn of financial conditions enabled me to marry an attractive young lady, who is my present wife, about a week after my thirtieth birthday and I could begin my married life with my own study in 1960.

At the latter end of the 1970's our family stayed in Edinburgh, and I made friends with the people at the now extinct antiquarian bookshop Balding's. My almost daily visits to their shop educated me quite efficiently in the practical world of antiquarian books. A large-scale sale of the Signet Library of Edinburgh took place during our stay there. I bought a small-lorryful of philological books from the library. I diligently visited auctions held in country halls, and participated in them, remembering C. N. Parkinson's description of the sale of a country house. The quantity of the books I bought then was considerable, and it became very evident that I should be forced to build a separate library in the backyard as soon as I came back to Tokyo. I picked up a precious hint for my new library from Edward's

antiquarian bookshop in London and Sir Walter Scott's library at Abbotsford. It goes without saying that mine is on a scale of infinitely less grandeur, but its key-concept was instilled into me by those magnificent palaces for books.

Episodes and reminiscences of the books I have acquired since that time would be as numerous as the titles of this catalogue. The greatest event in my later bibliophilic life has been my encounter with Mr. Mitsuo Nitta of Yushodo Company, through whose kind introduction I was accepted by the Association Internationale de Bibliophilie. Her annual bibliophilic meeting and tours have become my and my wife's annual pleasure and pastime. During the annual meeting at Würzburg we were shown over the wonderful library of Mr. Otto Schäfer, the great collector of illustrated Western books. In that library I pointed out one book to my wife, saying, "This is the only book I want to have in this whole magnificent library." That was Caxton's Chaucer. I never dreamed then that the very book would enter my humble library a few years later. I owe this to Mr. Nitta's sagacious advice.

Now I realize how much I owe my collection to my antiquarian bookseller friends. If I should mention only one in each of three countries, they are Mr. Takeshi Sato of Subunso in Japan, Mr. Rulon-Miller in America and Ms. Karen Thomson in Great Britain. Last but not least, of course, my heartiest gratitude is offered to my wife Michiko. She, a one time piano instructor at her alma mater music college, was brought up by cultured parents and has never failed to give her moral support to her somewhat wayward husband while herself successfully bringing up three children. Nowadays, however, even this ideal wife of mine has begun to be worried, saying that in our house 'hon-ken' (the rights of books) is more highly valued than 'jin-ken' (the rights of man). In fact, slowly and surely books overflowing my study and library have been inundating our drawing rooms, my (not her) bedroom and corridors, and have begun to seem to her a kind of physical menace. She has commissioned an architect to draw a plan of a new house with a library which can contain 100,000 volumes. That plan has been completed, but we have not been able to find a

suitable lot of ground. The land prices of Tokyo are notoriously high. Where I live now — in the suburbs of Tokyo — one square meter of land is roughly estimated at around ¥1,000,000, that is about $8,000. I wonder how to find a proper space for my new library. Fifty years ago, however, even to have a study, to say nothing of a library, was a wild dream to most teachers in Japan. Heaven permitting, even a wild dream of my wife, which is mine at the same time, may come true before I am too old to read. Now our connubial dream depends greatly on one phrase: "Heaven permitting" , or "permitte divis cetera" as Horatius put it in his *Odes*.

This catalogue-making was started by Mr. Nitta's kind suggestion (he is always kind and wise), and was completed by Mr. Ueda, who devoted several hours a week for about five years to make this catalogue of my Western books. I express my deepest gratitude to these two friends of mine, and I thank the able staff members of Mr. Nitta's Yushodo Co. for this fine work of editing.

May 2001

Shoichi Watanabe

わが書物愛的伝記

———書物を語り、自己を語る　　　　[渡部昇一ブックス] 1

平成24年（2012）4月29日　初版第1刷 発行
平成24年（2012）7月5日　初版第2刷 発行

著作者　渡部昇一

発行所　株式会社 広瀬書院　　HIROSE-SHOIN INC.

171-0022 東京都豊島区南池袋4—20—9　サンロードビル 603

電話 03-6914-1315

発売所　丸善出版株式会社

101-0051 東京都千代田区神田神保町2—17

電話 03-3512-3256

http://pub.maruzen.co.jp/

印刷所　大日本印刷株式会社

ISBN978-4-906701-00-1

「渡部昇一ブックス」発刊の趣旨

言論活動が多方面に渡るため渡部昇一先生のことを歴史家、文明評論家、あるいは政治評論家などと思っている人もいるようだ。事実、先生はこれらの分野で第一級の仕事をしておられる。しかし御専門は、と言えば、「英語学」である。

この御専門分野における業績は世界的なものであり、既に若くして偉業を成し遂げられ、八十代の今も絶えることなく研鑽を積んで居られる。これあればこそ、即ち、御専門の研究の徹底的遂行、能力および深い知識が、他の分野の活動においても自ずと深慮、卓見が湧出し、事を成し遂げていかれるのだと思う。

渡部先生は山本夏彦著『変痴気論』（中公文庫・昭和五十四年）の巻末解説において「山本の読者が増えてくることは、それだけ日本の良識の根が太くなることである」と述べて居られる。この言葉はまた、そのまま渡部先生に当てはまると言えよう。わが大阪の友、大橋陽一郎氏は「渡部先生のような方が、よう、この世の中に、日本に生まれて来てくれはったものや」と言った。同感である。

有力な出版社から立派な作品が数多く発刊されているが、さらに多くの人々に渡部昇一先生のことを知っていただき、その著作に接していただくことを願う次第である。

平成二十三年（二〇一一）十月十五日

広瀬書院　岩﨑幹雄